Ebenso wie der erste Band der Roman Trilogie »Gedächtniswelten« entstand auch der zweite Teil in Zusammenarbeit zwischen der Autorin Claudia Krüger und Bewohner/innen der Residia Bad Bevensen GmbH.

Bei regelmäßigen Treffen zwischen Autorin und Bewohnern berichteten diese von schicksalhaften Begegnungen, besonderen Begebenheiten, freudigen oder schmerzvollen Ereignissen auf ihrem Lebensweg.

Die Erzählungen der Bewohner setzte Claudia Krüger wie ein Puzzle neu zusammen, dichtete einiges dazu und erschuf daraus die Geschichte von Jakob, Marie und Lotti, deren Charaktere frei erfunden sind.

Im zweiten Band der Trilogie stellt die kleine Hündin Erna die Senioren vor neue Herausforderungen, welche es mit vereinten Kräften zu bewältigen gilt.

Wunsch und Idee, einen Hund in die Handlung des zweiten Roman-Teils einfließen zu lassen, entstand bei den Bewohnern der Residia durch die kleine Hündin Emma, welche die Autorin stets zu den gemeinsamen Gesprächen mitbrachte.

Claudia Krüger

Gedächtniswelten

Lottis Geheimnis

2. Teil einer Trilogie

In Zusammenarbeit mit Bewohnern der

1. Teil Gedächtniswelten: Jakobs Briefe, 2015
2. Teil Gedächtniswelten: Lottis Geheimnis, 2016

Bibliografische Information der Deutschen Nationalbibliothek: Die Deutsche Nationalbibliothek verzeichnet diese Publikation in der Deutschen Nationalbibliografie; detaillierte bibliografische Daten sind im Internet über www.dnb.de abrufbar.

1. Auflage
Originalausgabe 2016
Copyright @ 2016 by Claudia Krüger
Umschlaggestaltung: Jessica Herzog
(Foto: Claudia Krüger)
Illustration: Claudia Krüger
Alle Rechte vorbehalten.
Herstellung und Verlag:
BoD – Books on Demand, Norderstedt
ISBN: 978-3-7412-9258-3

Egal wie wenig Geld und Besitz du hast,
einen Hund zu haben,
macht dich reich.

(Louis Sabin)

 *Dezember 2014*

»Fröööhöhliche Weihnacht überall, tönet durch die Lüfte froher Schall!«, schmetterte Peter Alexanders Stimme aus Lautsprechern, die sich irgendwo hinter der üppigen Weihnachtsdekoration des großen Kaufhauses verbargen.

»Was du nicht sagst!«, dachte Lotti genervt und versuchte, den Ellenbogen des Nebenmannes zu ignorieren, der sie gerade unsanft in der Rippengegend traf.

»Als du das gesungen hast, ist Weihnachten ja auch noch nicht alle Jahre wieder in eine wilde Schlacht um die letzte Küchenmaschine zum Schnäppchenpreis oder die Sportsocke im Zehnerpack mit gratis Schwangerschaftsgymnastik-CD für Männer ausgeartet.«

Es war doch wirklich nicht mehr viel übrig

vom idyllischen Fest, an dem ein kleiner Tannenbaum, Strohsterne und Liedersingen vor dem Kamin die Menschen besinnlich stimmten.

Nein, heute brauchte man Kampfesgeist, wenn man sich in das vorfestliche Gedränge wagte, am besten noch Stahlkappenschuhe und eine gut gefüllte Proviantbox, um in der ladendurchquerenden Warteschlange nicht unbemerkt zu verenden, bevor man an der Kasse angelangt war.

» ... und eine Ganzkörper-Polsterung«, ergänzte Lotti und rieb sich ihre schmerzende Seite. Vergeblich blickte sich die alte Dame nach ihrem Begleiter um. Wo war er nur wieder abgeblieben?

An jedem Tisch mit Elektrowaren hatte Lotti ihre liebe Mühe, Jakob von den piepsenden, knipsenden oder blinkenden Gerätschaften wegzubekommen, die für sie nichts weiter als böhmische Dörfer darstellten. Wer benötigte schon ein Buch, das nur noch Knöpfe, aber keine Seiten mehr hatte oder eine Eieruhr, die La Paloma singen konnte?

Schließlich erspähte sie Jakobs grauen Schopf unter seiner beigen Schirmmütze. Ihr Bekannter und Mitbewohner in der Seniorenresidenz stand vor einem der zahlreichen Spiegel in der Abteilung für Mode-Accessoires, neben sich eine adrett gekleidete Frau, die lebhaft auf ihn einredete.

»Jakob!«, rief Lotti und eilte auf ihn zu. »Sag mal, was machst du denn da schon wieder?«

Der alte Herr drehte sich zu Lotti um, der postwendend der Mund offen stehenblieb.

Quer über Jakobs Kinn und Nase spannte sich ein bunt gehäkeltes Wolldings, das nicht allzu entfernt an einen Topflappen erinnerte und mit Schlaufen an seinen Ohren befestigt war.

»Ist das nicht toll?«, nuschelte Jakob begeistert unter der merkwürdigen Gesichtsbekleidung hervor.

»Und das braucht man wofür?«, fragte Lotti perplex.

»Das hält warm und sieht noch dazu schick aus, sagt diese nette Dame hier«, erklärte Jakob mit einem kurzen Seitenblick auf die eifrig nickende Verkäuferin. »Ein Ersatzbart sozusagen«, erläuterte er.

»Solltest du für heute noch einen Bankraub in dieser lächerlichen Verkleidung geplant haben, verschiebe ihn bitte auf später«, erwiderte Lotti mit einem demonstrativen Blick auf die lange Einkaufsliste in ihrer Hand und befreite den empört protestierenden Jakob resolut von dem hässlichen Wolllappen.

Erbost verschränkte dieser die Arme vor seiner Brust. »Erst mäkelst du, weil ich mich in diesem hochinteressanten Kaufhaus mit den technischen Neuerungen der heutigen Zeit beschäftige, und nun darf ich mich nicht mal mehr nach zweckmäßiger Bekleidung umsehen? Da soll sich noch einer zurechtfinden, was der Frau von heute so in den Kram zu passen beliebt!«

»Mir beliebt es, so schnell wie möglich aus diesem überfüllten Laden herauszukommen«, antwortete Lotti, wobei die grauen Locken auf ihrem Kopf gefährlich bebten. »Schließlich müssen wir auch noch bei Mathilde vorbeigehen und ihr ein paar Einkäufe vorbeibringen, schon vergessen?«

Den resigniert hinterherschlurfenden Jakob im Schlepptau, bahnte sie sich energisch einen Weg durch die Menschenmenge, der Rolltreppe entgegen.

Als Mathilde ihnen die Tür öffnete, spürte Lotti sofort, dass etwas ganz und gar nicht stimmte. Ihre sonst so quirlige Freundin wirkte irgendwie starr, die Mimik seltsam verzerrt. Abwesend schien sie direkt durch ihre Besucher hindurchzusehen.

Besorgt schaute Lotti in das eingefallene blasse Gesicht. »Tilda, ist alles in Ordnung?«

»Ich, ich …«, stammelte Mathilde. Aus ihrem rechten Mundwinkel rann ein Speichelfaden das Kinn hinab.

Alarmiert schob sich Lotti an ihrer Freundin vorbei in den Korridor, griff zum Hörer des Telefons auf der kleinen Anrichte und wählte die 112. Während sie darauf wartete, dass jemand abnahm, wies sie den unbeholfen dastehenden Jakob an, Mathilde ins Wohnzimmer zu bringen.

Als Lotti nach dem Telefonat in die Stube trat, saß ihre Freundin bereits wie ein Häufchen Elend in dem großen Ohrensessel, der ihr sonst zum Lesen oder Stricken diente.

Mathilde Weber war immer schon zierlich gewesen, aber in dem wuchtigen Sitzmöbel wirkte sie in diesem Moment nahezu winzig und verloren. Mitleid gesellte sich zum Schrecken, der Lottis Herz bis zum Hals klopfen ließ.

Tilda schien über etwas nachzugrübeln, der apathische Ausdruck in ihrem Gesicht wich ohnmächtiger Panik. Während ihr rechter Arm schlaff an der Seite hing, als würde er gar nicht zum Körper gehören, deutete sie mit der linken Hand aufgeregt auf das Sofa, unter dem ein leises Knurren hervordrang.

»Na, Na!«, stieß sie verzweifelt hervor.

»Meinst du Erna?«, fragte Lotti.

Mathilde nickte bestätigend.

»Jetzt geht es erst mal um dich, Tilda, um alles andere kümmern wir uns schon«, versuchte Lotti, ihre Freundin zu beruhigen.

Jakob, der unbeholfen neben dem Sessel stand, tätschelte der kleinen Frau die Schulter.

Mathildes Nichte, Ulla, wohnte mit ihrem Mann und der gemeinsamen, fast erwachsenen Tochter ganz in der Nähe. Bestimmt würde sie die kleine Hündin versorgen, falls Tilda ins Krankenhaus müsste.

In diesem Moment näherten sich die Sirenen des Krankenwagens dem zweistöckigen Wohnhaus, in dem Mathilde seit fast 50 Jahren wohnte.

Die ehemalige Lehrerin war niemals verheiratet gewesen. Sie schätzte ihr unabhängiges Dasein, dem bis ins fortgeschrittene Alter zahlreiche Reisen in ferne Länder und ein ehrenamtliches Engagement für Kinder und Tiere einen Sinn verliehen hatten.

»Diese plötzliche Hilflosigkeit muss ganz schrecklich für sie sein«, dachte Lotti, als sie den Rettungskräften die Tür öffnete. Rasch schilderte sie der eintretenden Notärztin, wie sie Mathilde vorgefunden hatten.

Nach einer kurzen Untersuchung wies die Ärztin die Sanitäter an, die Rettungstrage hereinzuholen. »Frau Weber, wir werden Sie in die Nordstadt-Klinik mitnehmen müssen«, wandte sie sich dann an Mathilde. »Ich vermute, Sie haben einen leichten Schlaganfall, und da können wir Ihnen im Krankenhaus am besten helfen, möglichst schnell wieder auf die Beine zu kommen!«

Lotti beobachtete, wie Tildas Blick erneut verzweifelt zum Sofa wanderte, unter dem das Knurren inzwischen einem hohen, hysterischen Kläffen gewichen war.

»Keine Sorge, wir bringen deine Erna zu

Ulla, damit sie sich um sie kümmert, so lange du im Krankenhaus bleiben musst«, versicherte Lotti ihrer Freundin, während die Rettungshelfer Mathilde vorsichtig auf die Trage hoben.

Tilda versuchte, etwas zu sagen, verhaspelte sich, setzte ein zweites Mal an und schüttelte dann resigniert den Kopf.

»Es wird alles wieder gut!«, versicherte Lotti nochmals und strich ihrer Freundin über die glatten grauen Haare, die heute nicht wie sonst zu einem Knoten im Nacken zusammengefasst waren, sondern offen und wirr herabhingen.

»An wen von Ihrer Familie oder Ihren Freunden dürfen wir uns denn wenden, falls wir Fragen haben, und wem dürfen wir Auskunft über Ihr Befinden geben?«, erkundigte sich die Notärztin bei Mathilde.

Diese wies mit dem intakten Arm auf Lotti,

die sogleich ihre Lesebrille, einen Notizblock und Stift aus ihrer stets präsenten Handtasche hervorkramte, um Namen und Telefonnummern zu notieren.

Während die Ärztin ihre Sachen wieder einpackte und die Sanitäter Mathilde in den Krankenwagen trugen, lief Lotti ins Schlafzimmer ihrer Freundin und zog eine kleine Reisetasche aus dem Kleiderschrank, in die sie Unterwäsche, Waschutensilien und die Krankenversicherungskarte packte. Jakob war den Rettungskräften bereits zum Wagen gefolgt, als Lotti dort ankam.

»Hier ist alles drinnen, was sie fürs Erste braucht«, wandte sie sich an einen Sanitäter und drückte ihm die Tasche in die Hand.

An Tilda gewandt sagte sie: »Ich komme dich besuchen, sobald wir hier alles geregelt haben und bringe dir nach, was benötigt wird, Liebes!«

»Halt die Ohren steif!«, rief Jakob noch, bevor sich die Türen des Krankenwagens zwischen ihnen und Mathilde schlossen.

Die beiden Freunde standen auf dem Gehsteig und schauten der abfahrenden Ambulanz nach, bis sie um die Ecke bog. Erst jetzt merkte Lotti, wie sehr ihr die Knie zitterten.

»Hoffentlich wird sie wieder«, sagte sie leise und Jakob antwortete mit einem stummen Nicken.

Vom Anschluss im Korridor aus wählte Lotti Ullas Nummer.

»Annika Weber-Seidel«, meldete sich Ullas Tochter, wobei sich ihre noch mädchenhaft helle Stimme wie zu einer Frage hob.

»Hallo, Annika, hier ist Lotti Lorenz, die Freundin von deiner Großtante Mathilde.

Kann ich mal bitte deine Mama sprechen?«

»Mama und Papa sind zur Feier ihres zwanzigsten Hochzeitstages auf den Malediven und kommen erst im Januar wieder«, antwortete die Stimme auf der anderen Seite der Leitung.

»Oh weh, das ist aber dumm. Weißt du, deine Großtante hatte einen Schlaganfall und ist eben ins Krankenhaus gebracht worden.«

Lotti erläuterte der erschütterten Annika kurz, was genau passiert war und fragte hoffnungsvoll, ob sie sich vielleicht während der Abwesenheit ihrer Eltern um Erna kümmern könne.

»Das geht leider nicht. Morgen verreise ich selber zu einer Freundin, mit der ich Weihnachten und Silvester feiern will«, erklärte Annika. »Und nach den Ferien bin ich von sieben bis achtzehn Uhr aus dem Haus. Ich stecke doch gerade mitten in meiner Ausbildung.«

»Tja, dann müssen wir wohl eine andere Lösung finden. Richte deinen Eltern aber bitte einen schönen Gruß aus, falls du mit ihnen telefonierst, und erzähle ihnen das von deiner Großtante«, bat Lotti.

»Ja, natürlich, das mache ich. Es tut mir so leid, dass ich nicht helfen kann!«, erwiderte Annika bedauernd.

»Das lässt sich eben nicht ändern«, sagte Lotti und verabschiedete sich von Tildas Großnichte. Nachdem sie den Hörer auf die Gabel des altmodischen Telefons gelegt hatte, drehte sie sich zu Jakob um.

»Das war dann wohl nichts! Ulla und ihr Mann sind noch bis Januar im Urlaub. Wahrscheinlich war es das, was Mathilde versucht hat, uns mitzuteilen. Arme Tilda, sie muss ja ganz außer sich sein vor Sorge um ihre kleine Erna.« Lotti seufzte resigniert.

»Dann bringen wir den Hund eben ins Tierheim«, meinte Jakob pragmatisch.

»Bist du denn von allen guten Geistern verlassen, Jakob? Wir können doch das winzige Ding nicht in einen Zwinger stecken! Zusammen mit lauter riesigen Hunden womöglich, ängstigt es sich dort doch zu Tode! Du bist mal wieder so unsensibel!« Erzürnt über die wenig einfühlsame Idee ihres Freundes schritt Lotti den kleinen Korridor auf und ab.

»Ja, was denn? Willst du sie etwa mit in die Residenz nehmen?«, motzte Jakob zurück.

»Genau das würde ich gerne tun!«, sagte Lotti bestimmt.

»Und was, wenn sie keine Hunde auf Dauer erlauben?«, gab Jakob zu bedenken.

Lotti musste zugeben, dass Jakobs Zweifel berechtigt waren. Zwar waren Besuchshunde gerne gesehene Gäste in der Residenz, aber ein Hund, der gleich ein paar Wochen dort leben sollte, war ja doch noch mal was anderes.

»Wenn wir fragen, und sie erlauben es nicht, muss sie eventuell doch ins Tierheim«, überlegte Lotti betrübt.

»Ach, was soll der ganze Zirkus, wir schmuggeln sie einfach rein«, sagte Jakob.

»Was?«, Lotti riss, erstaunt über Jakobs Courage, die Augen auf.

»Wir schmuggeln sie rein«, wiederholte Jakob, »oder hast du einen besseren Plan?«

Den hatte Lotti nicht, also stimmte sie nach einigem Zögern zu. »Aber erst einmal müssen wir sie eingefangen kriegen!«

❀❀❀❀❀❀❀❀❀❀

»Grrr«, verteidigte Erna ihren sicheren Platz unter dem Sofa, vor dem Jakob mit schmerzenden Knien hockte.

Der Stubentisch war zur Seite gerückt worden, an dessen Stelle stand nun Lotti mit einer Menge an Hundekeksen, die einen Dobermann ein ganzes Jahr lang glücklich gestimmt hätte.

»Kleines Hündchen, kommt doch bitte raus, wir tun dir nichts«, versuchte Jakob vergeblich, den kleinen Hund zu locken.

»Vielleicht möchte sie lieber mit Erna angesprochen werden«, warf Lotti ein.

Jakob schnaubte verächtlich und langte erneut unter das Sofa.

»Autsch, jetzt hat mich das kleine Luder erwischt!« Mit anklagendem Blick hielt er Lotti seinen blutenden Zeigefinger entgegen.

»Was stellst du dich auch so ungeschickt an!«, schalt diese, während sie sich auf den Weg ins Badezimmer machte, um ein Pflaster zu holen.

»Du tust ja gerade so, als wäre ich Schuld daran, dass mich das Biest gebissen hat«, rief

Jakob ihr beleidigt hinterher. »Wenn du es besser kannst, dann fang sie doch gefälligst selbst ein!«

»Genau das werde ich jetzt auch tun«, antwortete Lotti. »Erna ist nur ein bisschen durcheinander. Sie weiß ja gar nicht, wie ihr geschieht, mit der ganzen Aufregung um sie herum.«

Nachdem Mathilde den ängstlichen Chihuahua-Mischling vor einem Jahr aus dem Tierheim geholt hatte, waren die beiden zu einem eingeschworenen Team zusammengewachsen. Mit Fremden hatte es die Hündin nicht so, und es bedurfte meist einiger Überzeugungsarbeit, um sie für sich zu gewinnen.

»Wer weiß, was sie in ihrem Leben vor dem Tierheim schon Schlimmes erlebt hat«, meinte Lotti, während sie Jakobs Wunde desinfizierte und verband. »Sie muss uns erst mal vertrauen lernen. Du tätest dich wohl genauso verhalten, wenn plötzlich lauter Riesen in deinem Zuhause rumtrampeln und dir auch noch das Frauchen wegschleppen würden.«

»Zum einen habe ich kein Frauchen und zum anderen wäre ich bestimmt nicht so größenwahnsinnig, einem Riesen in den Finger zu zwicken«, brummelte Jakob, der jedoch einsah, dass seine Freundin im Grunde genommen recht hatte. Ein bisschen jedenfalls.

»Jetzt versuche ich es mal«, sagte Lotti und legte das Verbandszeug beiseite. »Wo verstaut Tilda denn bloß immer die Tasche, in der sie Erna im Bus mitnimmt?«

Nach einiger Suche fand Lotti das Transportutensil im Garderobenschrank, stellte es auf den rotgemusterten Teppich und legte eine Spur aus Leckerchen von dort aus bis zum Sofa.

»So, und jetzt müssen wir uns nur noch hinter den Sesseln verstecken, damit Erna denkt, dass wir nicht da sind«, forderte sie den zweifelnd dreinschauenden Jakob auf. »Irgendwann wird sie Hunger bekommen und in die Tasche laufen. Wir müssen dann nur noch schnell genug den Reißverschluss zuziehen.«

Gesagt, getan, hockten sich die beiden hinter je einen Sessel und harrten der Dinge, die da kamen.

Oder eben auch nicht. Jedenfalls Erna betreffend. Diese wagte sich zwar zögerlich bis zur Sofakante vor, machte aber beim leisesten Rascheln einen Rückzieher.

»Meine Güte«, sagte Jakob, »das ist ja spannender als beim Formel-1-Rennen, nur nicht so schnell!«

Lotti lehnte ihre Stirn an die Rückseite der Sessellehne und versuchte, ihre knackenden Fußgelenke zu ignorieren.

»Wie lange müssen wir denn hier noch

sitzen, mein Rücken ist schon ganz steif!«, maulte es kurze Zeit später hinter dem anderen Sessel hervor.

»Wie meine Kinder, als sie noch klein waren und bei jeder Autofahrt nach einen paar Minuten fragten, wann wir endlich da sind«, dachte Lotti und seufzte.

Nach einer gefühlten Ewigkeit tat sich unter dem Sofa etwas. Eine kleine schwarze Nase arbeitete sich schnüffelnd voran und eine rosa Zunge angelte nach dem ersten Keks.

Lotti gab Jakob ein Zeichen, sich bloß nicht zu bewegen. Der alte Herr nickte mit verschwörerischer Miene zurück.

Mutiger geworden, wagte sich Erna bis zur nächsten Leckerei vor, schnappte sie und brachte sie blitzschnell in ihren dunklen Unterschlupf. So tat sie es auch mit dem dritten und vierten Keks, bis alle weg waren und nur noch ein genüssliches Schmatzen erklang.

Jakob rollte genervt mit den Augen.

»So wird das doch nichts. Ich hole jetzt die Lederhandschuhe.«

»Lederhandschuhe?«, erwiderte Lotti. »Wir haben es hier mit einem kleinen Hund zu tun und nicht mit einem Löwen!«

Jakob ließ sich jedoch nicht beirren, und so machten sie sich daran, im Gartenhäuschen nach Tildas Arbeitshandschuhen zu suchen. Fündig geworden, kehrten sie ins Wohnzimmer zurück.

»Mir passen die nicht, also musst du«, stellte Jakob nach einem kritischen Blick auf die zierliche Handbekleidung fest.

»Das war ja mal wieder klar!«, erwiderte Lotti, streifte sie über und ließ sich vorsichtig auf die Knie sinken.

»Ich komme so nicht ran, Erna sitzt zu weit hinten!«, sagte sie nach einigen vergeblichen

Verrenkungen.

»Dann leg dich auf den Bauch!«, dirigierte Jakob von oben.

Sich ihrem unbequemen Schicksal fügend, machte sich Lotti so dünn, wie sie eben konnte, und robbte langsam unter die Couch.

»Ich hab sie, ich hab sie!«, rief sie schließlich. »Aber ich kann nicht mehr aufstehen, ich hänge mit den Schultern an der Sofakante fest!«

»Sieh zu, dass dir Erna nicht wieder entwischt und ich ziehe!«, ordnete Jakob an und griff nach Lottis bestrumpften Beinen. Unter viel Ächzen und Gestöhne beförderte er die mit Spinnenweben verzierte alte Dame hervor, in ihren Händen ein wild um sich beißendes Fellbündel.

Lotti setzte sich mühsam auf und steckte die protestierende Hündin in das kuschelig samtige Transportbehältnis.

»Reißverschluss zu, Hund in Sicherheit«, stellte sie zufrieden fest, ließ sich von Jakob wieder auf die Beine helfen, strich ihren Rock glatt und griff entschlossen nach den Henkeln der lärmenden Hundetasche.

»Dann mal auf in den Kampf!«

❊❊❊❊❊❊

Mit jedem Schritt, den sie der Residenz näher kamen, wurde Lotti mulmiger. Fast kam sie sich vor wie ein Kind, das gerade beschlossen hatte, etwas streng Verbotenes auszufressen.

Was, wenn sie und ihr irrsinniger Plan auffliegen würden? Ob es wohl auch in einer Seniorenresidenz so etwas wie einen Rausschmiss gab, oder wurde man gar wegen schlechten Benehmens vor die Heimleitung zitiert?

Ach was, sie waren schließlich erwachsen

und wussten, was sie taten. Aber wussten sie das tatsächlich?

»Da müssen wir jetzt durch, wir schaffen das schon!«, redete Lotti sich selbst Mut zu, überprüfte, ob Ernas Transporttasche unter dem breiten Schal, den sie zur Tarnung darüber gehängt hatte, auch nicht als solche zu erkennen war und stieg beherzt neben Jakob die flache Stufe zur Eingangstür hinauf.

»Du gehst vor und lenkst eventuell auftauchende Pfleger oder Therapeuten ab, damit ich unbehelligt mit Erna in mein Zimmer gehen kann«, flüsterte sie ihm zu, während er auf den weißen Türöffner drückte.

Jakob bedeutete ihr, dass er verstanden hatte und schlich, auf Zehenspitzen und den Kopf eingezogen, durch die summend aufschwingende Tür in den langen Korridor.

Fassungslos schaute Lotti auf den gebeugten Rücken des alten Mannes und zupfte an seiner Winterjacke.

»Geht es nicht noch ein bisschen auffälliger, damit sie gleich wissen, dass wir was im Schilde führen?«, raunte sie ihm ärgerlich zu.

Langsam drehte Jakob sich zu ihr um.

»Noch irgend einen anderen Wunsch, gnädige Frau? Atmen darf ich aber schon noch, oder?«

»Meine Güte, Jakob«, setzte Lotti gerade zu einer Erwiderung an, als sich schräg hinter ihnen die Tür zum Verwaltungszimmer öffnete und Frau Martens, eine der Pflegerinnen in der Residenz, herausschaute.

»Oh, das ist aber schön, dass ich Sie gerade treffe, Frau Lorenz«, rief die schlanke Frau mit den kurzgeschnittenen Haaren Lotti zu und trat näher an sie und Jakob heran. »Sie können bitte gleich mit mir kommen und das Formular ausfüllen, das wir für Ihre Behandlung in der Zahnklinik Anfang nächsten Jahres brauchen. Herr Michalski, für Sie könnten wir dann doch auch gleich einen Termin für Ihre neue Brücke vereinbaren.«

»Ich, ähm, ich muss eigentlich mal ganz dringend auf die Toilette«, antwortete Jakob hastig und war drauf und dran zur Flucht anzusetzen.

Grimmig schaute Lotti ihn an. Das war doch mal wieder typisch, dass sich der Kerl drücken wollte, wenn es wirklich brenzlig wurde. Die alte Lotti würde seiner Meinung nach das Kind schon schaukeln. Oder in diesem Fall den Hund.

»Nimmst du dann wenigstens bitte schon mal meine Tasche mit? Die Weihnachtseinkäufe wiegen so schwer!« Mit einem durchdringenden Blick, der keinen Widerspruch duldete, hängte sie Ernas verhülltes Versteck über Jakobs Schulter und gab ihm den Schlüssel zu ihrem Zimmer in die Hand.

Empört über das Schaukeln ihrer Behausung ließ die Hündin ein leises Grummeln hören.

»Die Bohnen heute Mittag sind mir wohl gar nicht so recht bekommen«, sagte Jakob rasch mit gequälter Miene und rieb sich den Bauch, als der Blick der Pflegerin die Herkunft des Geräusches zu erkunden suchte.

»Bis gleich dann also«, sagte er zu Lotti, drehte sich auf den Hacken um und eilte den Gang hinunter.

»Geht es ihm nicht gut?«, fragte Frau Martens.

»Das Mittagessen und der Einkaufsstress sind ihm ein wenig auf die Verdauung geschlagen. Die lästigen Gase, Sie wissen ja.«

Lotti fuchtelte demonstrativ mit der Hand vor ihrer Nase herum.

»Ja, das konnte man hören!«, nickte die Pflegerin. »Sagen Sie ihm bitte, er soll sich melden, falls es nicht besser wird. Aber jetzt kommen Sie erst mal rein, damit wir den Papierkram erledigen können.«

Kurz vor der Tür zum Verwaltungsraum spähte Lotti noch einmal den Gang hinunter, auf dem einige Residenzbewohner auf den seitlich aufgestellten Sesseln oder in Rollstühlen saßen und der leise spielenden Weihnachtsmusik lauschten.

Hoffentlich kamen Jakob und seine wertvolle Fracht unbehelligt in ihrem Zimmer an. Bei dem alten Stoffel wusste man ja nie.

🐾🐾🐾🐾🐾

Jakob nestelte nervös mit dem Schlüsselbund am Schloss der Eingangstür zu Lottis Zimmer herum, wobei ihm dieser zweimal klirrend aus der Hand fiel.

»Ist denn die Frau Lorenz nicht in ihrem Zimmer?«, mischte sich eine durchdringend schrille Stimme in das Schlüsselgeklimper.

»Nicht die auch noch!«, haderte Jakob im Stillen und wandte sich zu einer auffällig pink gekleideten Seniorin um, die mit ihrem messingfarbenen Spazierstock auf das Türschloss zeigte, an dem er sich gerade zu schaffen gemacht hatte. Neugierig reckte sie ihren dürren, faltigen Hals, was Jakob spontan an eine Pute denken ließ.

Laut sagte er: »Frau Wesselhausen, Sie sind es! Nein, Frau Lorenz ist noch nicht da, sonst würde sie mir ja selber aufmachen.«

»Sie haben wohl ordentlich eingekauft, was?« Frau Wesselhausens improvisierter Zeigestock schwenkte gen Hundetasche, die durch den darüberhängenden Schal nicht als solche zu erkennen war.

»Weihnachtsgeschenke?«, hakte sie wissbegierig nach. »Die Leute kaufen ja heute alles auf den letzten Drücker!« Bedeutsam zog sie ihre, mit einer schwarzen Linie nachgezogenen, Augenbrauen hoch.

»Was da drinnen ist, weiß ich nun wirklich nicht, denn es ist nicht meine Tasche, sondern die von Frau Lorenz«, brummte Jakob ungeduldig, trat, als er endlich den richtigen Schlüssel erwischt hatte, in das Zimmer und schloss die Tür vor der Nase der aufdringlichen Frau, bevor diese ihren Mund zu einer Erwiderung öffnen konnte.

Frau Wesselhausens Zimmer lag direkt neben dem von Lotti. Ihr Gehör war zwar nicht mehr das beste, dafür schien sie jedoch wahre Adleraugen zu besitzen, die besonders all jene Dinge aufsaugten, die sie nichts angingen.

Jakob war in diesem Moment mal wieder sehr dankbar dafür, seit ein paar Monaten das kleine Eckzimmer, das auf der anderen Seite an Lottis Raum angrenzte, sein Eigen zu nennen. So bekam er normalerweise nicht allzu viel des Wesselhausen`schen Gebarens mit.

Als er die Tasche auf dem Boden abstellte und sie öffnete, zog sich Erna in die hinterste Ecke zurück und beäugte den alten Mann skeptisch aus ihren feuchten, schwarzen Knopfaugen.

»Ich lasse dich wohl lieber erst einmal in Ruhe«, entschied Jakob, schlüpfte aus seinen nassen Straßenschuhen und ging zum Händewaschen in Lottis Bad.

Gerade kam er wieder heraus, als diese ins Zimmer trat.

»Puh, dass mich die gute Frau Martens auch im unpassendsten Moment erwischen musste!«, rief Lotti aus und legte sich die flache Hand vor die Stirn. »Du sollst dich übrigens bei ihr melden, falls es deiner Verdauung vor dem Abendessen noch nicht wieder besser geht«, fügte sie spitzbübisch hinzu.

»Das mit Frau Martens war ja mal gar

nichts, mich hatte nämlich eben die Wesselhausen am Wickel, die wissen wollte, was ich in der großen Tasche mit mir herumtrage!«, prahlte Jakob und warf sich in die Brust, als hätte er gerade einen Gladiatorenkampf gewonnen.

»Oh nein, hat sie etwas gemerkt?«, fragte Lotti bang.

»Nicht doch, was denkst du denn von mir? Ich bin doch nicht von gestern! Ich habe gesagt, dass es deine Tasche sei und ich nichts mit deren Inhalt zu schaffen hätte. Dann habe ich mich schnellstmöglich ins Zimmer verdrückt.«

Lotti spähte ins dunkle Innere der Hundebox.

»Wo ist Erna?«

»Da drin, wo sollte sie wohl sonst sein?«

»Nein, Jakob, dort ist sie nicht!«, Lotti sah sich in ihrem kleinen Zimmer um.

Von der Hündin keine Spur. Jedenfalls fast keine, denn als Lotti sich zum Bett hinunterbeugte, stieg ihr ein beißender Geruch in die Nase.

Alarmiert ließ sie sich zum zweiten Mal an diesem Tag auf die Knie sinken und hob die Tagesdecke an, die fast bis zum Boden reichte. Neben ihr machte sich sogar Jakob die Mühe, sich in die Hocke zu begeben. Reflexartig vergrub er die Nase in seiner Armbeuge und verzog das Gesicht.

»Uah, was ist das denn?«

»Ein Häufchen, und ein ganz schön großes noch dazu«, erwiderte Lotti.

»Was du nicht sagst!«, presste Jakob hervor und betrachtete eingehend sowohl die unliebsame Bescherung, als auch die mit einem sichtlich schlechten Gewissen danebensitzende Erna. »Wie kann so ein kleines Ding solch einen riesigen Kasten produzieren, der noch dazu so mieft?«

»Riecht es nach Frühlingsblumen, wenn du auf der Toilette warst?«, entgegnete Lotti.

»Ich bin ja wohl ein gut gebauter, gestandener Mann«, erklärte Jakob voller Überzeugung, »da gehört das so, aber doch nicht bei so einem niedlichen Hündchen!«

Lotti runzelte wortlos die Stirn und warf einen skeptischen Blick auf Jakobs gedrungenes Äußeres, das sich eher durch einen Wohlstandsbauch als durch eine Adonisfigur auszeichnete.

»Sie hat das sicher nur aus Angst gemacht, Aufregung schlägt eben nicht nur uns Menschen auf die Verdauung. Wie dem auch sei, das Bett muss weg, sonst kommen wir da nicht ran!« Tatkräftig stand die alte Dame auf und machte sich daran, das schwere Möbelstück zu verrücken.

Jakob ging Lotti zur Hand und versuchte

dabei, möglichst nicht einzuatmen. Unter dem Lattenrost trippelte Erna mit, bis Bett und Hund in der Mitte des Zimmers angelangt waren.

»Du holst Papiertücher, Lappen und einen Eimer«, bestimmte Lotti, »ich mache der Kleinen inzwischen etwas zu Fressen.« Geistesgegenwärtig hatte sie einige Hundefutterdosen aus Tildas Speisekammer mitgenommen.

»Aber wenn sie etwas zu Essen bekommt, produziert sie doch noch mehr Häufchen«, merkte Jakob an, »wer soll denn das am Ende alles wegmachen?«

»Sollen wir sie etwa verhungern lassen?«, entgegnete Lotti verständnislos. »Wir müssen eben regelmäßig mit ihr Gassi gehen. Und jetzt hol endlich das Putzzeug, bevor der Haufen noch Kinder kriegt!«

Als sich Jakob in Bewegung gesetzt hatte, nahm Lotti eines ihrer kostbaren Porzellanschälchen aus der Vitrine, schüttete Futter hinein und platzierte es neben dem Bett. Anschließend rief sie in der Klinik an, um sich nach Mathildes Befinden zu erkundigen.

Eine geschlagene Viertelstunde später kam Jakob von seinem Auftrag zurück, bewaffnet mit den angeforderten Gerätschaften und einer Tasse Fencheltee.

»Ich musste erst einmal warten, bis die meinen Tee gegen die Verdauungsbeschwerden fertig hatten«, sagte er verschmitzt. »Wenn man schon von einem grummeligen Bauch spricht, muss man doch auch Überzeugungsarbeit leisten.«

Lotti schmunzelte ihrem Freund zu. So stur und begriffsstutzig er auch manchmal sein konnte, so gerissen war er, das musste sie ihm lassen.

»Sie hat ja noch gar nicht gefressen«, stellte Jakob in Anbetracht des unangetasteten Futters in der Schale neben dem Bett fest.

»Wenn Ruhe einkehrt, wird sich ihr Appetit schon melden«, antwortete Lotti. »Wir machen hier jetzt sauber, dann gehst du in dein Zimmer und ich fahre mit dem Bus ins Krankenhaus und bringe ein paar Sachen zu Tilda. So hat Erna ein bisschen Zeit, sich alleine im Zimmer umzusehen. Falls sie bellen sollte, schaust du nach ihr, um sie zu beruhigen, damit die penetrante Wesselhausen nicht doch noch auf die Idee kommt, an die Tür zu klopfen. Bist du damit einverstanden?«

Jakob, froh darüber, sich pünktlich zur Sportschau vor seinen eigenen Fernseher setzen zu dürfen, stimmte dem Vorschlag nur zu gerne zu.

Lotti blickte an der grauen Fassade des klotzigen Klinikgebäudes empor, in dessen Fensterscheiben sich die gerade untergehende Wintersonne spiegelte. Irgendwo hinter einem der beleuchteten Fenster lag Tilda und musste sich damit abfinden, dass ihr Leben von jetzt auf gleich komplett umgekrempelt wurde.

Lotti kannte dieses ungute Gefühl von den Monaten vor dem Tod ihres Mannes. Da wurde man selbst, oder ein geliebter Mensch, von irgend einer heimtückischen Krankheit heimgesucht und plötzlich war nichts mehr wie zuvor. Jahrzehntelang lieb gewonnenen Rituale des täglichen Seins wichen anderen, weniger erfreulichen Notwendigkeiten. Die Welt schien in solchen Zeiten in eine trübe, bleierne Farbe getaucht.

Aber ganz so schlimm musste es ja bei Mathilde nicht kommen, drängte Lotti die beklemmenden Gefühle beiseite und schritt in das gewaltige Krankenhaus-Foyer, das, wie sie dachte, groß genug sein dürfte, einem Luxusliner Platz zu bieten.

»Luxusliner! Was für ein absurder Gedanke!«, schalt sie sich selbst.

Der Fußboden der Halle war mit Teppich ausgelegt, an einem breiten Tresen saß eine junge Frau im blau-weißen Businessdress vor dem Monitor eines Computers. Fast könnte man meinen, den Vorraum eines schicken Hotels zu betreten, wäre da nicht der alles durchdringende Geruch nach Desinfektionsmitteln, Krankheit und Angst, der sich wie ein dicker Umhang um Lotti legte und sie flacher atmen ließ.

»Guten Tag, ich möchte gerne zu Mathilde Weber. Sie ist heute Mittag mit einem Schlaganfall hier eingeliefert worden«, sagte Lotti zu der Dame hinter dem Tresen.

Diese tippte etwas in eine Tastatur ein und suchte in einer Liste auf dem grauen Computermonitor nach Tildas Namen.

»Frau Weber liegt im Zimmer 432, Stroke Unit, zweites Stockwerk. Nehmen Sie am besten einen der beiden hinteren Fahrstühle, mit denen geht es am schnellsten. Nicht den hier vorne!«

Lotti bedankte sich für die Auskunft und ging zu der Fahrstuhlreihe an der gegenüberliegenden Wand. Während sie auf den Aufzug wartete, blieb ihr Blick an einem der blauen Schilder hängen, auf denen all die zahlreichen Stationen und Krankenhausbereiche aufgelistet waren. Sie holte die Lesebrille aus ihrer Handtasche und studierte die Aufschriften.

Lauter fremdartige Begriffe, Abkürzungen und Zahlen standen dort, dahinter die Nummern der Stockwerke. Wer um Himmels willen sollte etwas mit diesem Fachkauderwelsch anfangen können?

Ein kurzes »Ping« kündigte die Ankunft des Fahrstuhls an. Als sich die chromfarbenen Türen vor Lotti öffneten, grüßte sie kurz die bereits anwesenden Fahrgäste, bestieg die Kabine und sah sich einer weiteren Herausforderung in Form von Knöpfen und Bezeichnungen gegenüber. Für jede Etage gab es zwei Tasten, neben manchen sogar ein kleines Schlüsselloch.

»Wie viele erste, zweite oder dritte Stockwerke gibt es denn in so einem hochmodernen Krankenhaus?«, wunderte sich Lotti. Ihr Zeigefinger schwebte unschlüssig über den beiden Knöpfen für den zweiten Stock. Welcher war nun der richtige?

Die hinter ihr stehenden Fahrgäste warteten ungeduldig auf ihre Eingabe, also drückte sie wahllos eine der beiden Tasten.

Der Lift fuhr an, entließ im ersten Stockwerk ein Pärchen mittleren Alters und hielt schließlich auf der zweiten Etage.

Zu Lottis Erstaunen öffneten sich dieses Mal die Türen auf der gegenüberliegenden Seite. Sie trat auf den hellen Flur hinaus und sah sich einem großen Schild gegenüber.

STOPP Quarantänestation! Zugang zur Isolation nur für Fachpersonal. Infektionsgefahr!

Lotti lief es kalt den Rücken hinunter. Spontan trat sie einen Schritt zurück und stieß gegen verschlossene Fahrstuhltüren. Der Lift war bereits unterwegs in die nächste Etage.

»Oh je, oh je, oh je! Was mache ich jetzt nur?«, wisperte sie panisch vor sich hin, während sich kleine Schweißperlen über ihrer Oberlippe bildeten. Sie wagte es nicht, sich von der Stelle zu rühren.

»Komm schon, altes Mädchen«, redete sie sich zu, »versuche doch mal logisch zu denken! Was kann dir schlimmstenfalls passieren?« Sie schaute sich um.

Die eigentliche Isolierstation begann offensichtlich erst ein paar Meter weiter auf der linken Seite, denn dort gab es eine dicke, mit Warnsymbolen versehene Glastür, die Unbefugte nicht ohne Weiteres passierten konnten. In unmittelbarer Gefahr befand sich Lotti also nicht, wie sie erleichtert feststellte.

Wenn sie Pech hatte und sie jemand vom Fachpersonal entdecken sollte, so lange sie hier herumstand, bekäme sie vielleicht Ärger, weil sie auf dieser Seite des Fahrstuhles ausgestiegen war.

»Aber du bist ja kein kleines Kind mehr, das sich vor Schelte fürchtet«, fuhr Lotti mit ihrem Selbstgespräch fort, »und schließlich sind die ja selber Schuld, wenn sie ihre Knöpfe so dusselig beschriften, dass sich kein normaler Mensch zurechtfinden kann, nicht wahr?«

Ein wenig mutiger geworden, wandte sie

sich nach rechts und blickte den Gang hinunter, der in einem Knick mündete. Dort gab es zwar keinen weiteren Richtungsweiser, im Löwenkäfig würde sie aber vermutlich nicht landen, wenn sie dort entlang ginge.

Gedacht, getan, machte sie sich auf den Weg, immer das Gefühl im Nacken, aus irgendeinem verborgenen Winkel des menschenleeren Flures könne gleich die missbilligende Stimme eines Oberarztes ertönen.

Am Ende des Korridors angekommen, spähte sie um die Ecke und entdeckte ein Hinweisschild. Wie hieß die Station, auf der Tilda lag, noch gleich? Lotti blieb stehen und las:

Kardiologie links, Stroke Unit rechts. Stroke Unit, das war es!

»Dem Himmel sei Dank!«, seufzte die alte Dame und entspannte sich ein wenig.

Bemüht, möglichst unauffällig zu wirken, schließlich musste ja nicht gleich jeder wissen, dass sie aus der falschen Richtung kam, mischte sie sich unter die vorbeieilenden Pfleger und Besucher.

In einer Sitzecke, an der sie vorbeikam, unterhielt sich eine Frau mit trauriger Miene mit einem Jungen und einem Mädchen im Teenageralter. Ob wohl deren Vater ebenso schwer erkrankt war wie Mathilde? Wie furchtbar, wenn man so um ein Familienmitglied bangen musste.

Gerade, als Lotti den Eingang zur Stroke Unit erreicht hatte, trat ein Besucher heraus und sie ergriff die Gelegenheit, durch die sich träge schließende Stationstür zu schlüpfen.

Da stand sie nun, auf einem langen, sehr steril wirkenden Flur. Pieps- und Klackgeräusche, die aus den teilweise nur angelehnten Zimmertüren drangen, vermischten sich zu einer bitteren Symphonie.

Vor lauter Aufregung hatte Lotti Tildas

Zimmernummer vergessen.

Eine Krankenschwester im hellblauen Overall trat aus einem der Räume und schaute überrascht zu der verloren wirkenden Dame mit dem grünen Filzhut, die inmitten des Korridors stand, ihre Handtasche wie einen Schutzschild vor den Bauch gepresst.

»Kann ich Ihnen irgendwie helfen?«

»Guten Tag, mein Name ist Lorenz. Meine Freundin, Frau Mathilde Weber, ist heute ganz unerwartet hier eingeliefert worden. Ich wollte zu ihr«, erwiderte Lotti.

»Darf ich fragen, wie Sie hier hereingekommen sind?«, erkundigte sich die Pflegerin mit gerunzelter Stirn.

»Durch die Glastür da vorne«, antwortete Lotti unsicher. Was für eine seltsame Frage, wo sollte sie wohl sonst hergekommen sein?

Als sie die verstörte Miene der alten Dame sah, verschwand der strenge Ausdruck aus dem Gesicht der Krankenschwester. Freundlich erklärte sie: »Draußen, neben der Stationstür, ist ein Klingelknopf. Den drücken Sie bitte bei Ihrem nächsten Besuch, dann meldet sich jemand über die Gegensprechanlage und lässt Sie ein. So wissen wir am besten, wer hier ein und aus geht.«

»Oh, das wusste ich nicht!«, sagte Lotti. »Die Tür stand noch einen Spalt weit offen, weil gerade jemand herausgekommen war. Ich dachte, ich könne dann gleich die Gelegenheit nutzen ...«

»Kein Problem«, unterbrach die Schwester beschwichtigend. »Für das nächste Mal wissen Sie ja nun Bescheid. Wir fahren wir unsere Patienten im Laufe des Tages manchmal zu Untersuchungen auf andere Stationen, und für Sie als Besucher und die anderen Patienten im Zimmer ist es einfach angenehmer, wenn Gäste draußen in der Wartezone Platz nehmen, bis ihr Angehöriger wieder da ist.«

»Ja, das verstehe ich natürlich«, sagte Lotti bestürzt, »da hatte ich überhaupt nicht drüber nachgedacht.«

Die Schwester lächelte verständnisvoll. »Ich habe erst vor einer viertel Stunde meine Schicht begonnen und schaue eben mal nach, auf welchem Zimmer wir Ihre Freundin finden«, sagte sie und verschwand kurz im Personalraum. Als sie wieder herauskam, wies sie Lotti an, ihr zu folgen. »Frau Weber liegt gleich gegenüber im Zimmer 432. Ich gehe vor und frage, ob es gerade passt. Wenn Sie bitte so lange vor der Tür warten würden?«

Als die Schwester vor ihr in Tildas Zimmer ging, machte sich erneut der bereits vertraute Kloß in Lottis Kehle breit.

»Frau Weber, Sie haben Besuch!«, die Pflegerin trat näher an Mathildes Bett heran. Lotti folgte ihr bis zur Türöffnung und spähte in den hell erleuchteten Raum hinein.

»Ihre Freundin ist hier. Darf sie hereinkommen?«, fuhr die Krankenschwester an Tilda gewandt fort.

Diese saß mit hochgelagertem Oberkörper in einem Krankenhausbett, das die feingliedrige Frau fast zu verschlucken schien. Von einem Tropfgalgen und Apparaturen führten Zugänge und Kabel zu ihrem linken Arm und unter die Bettdecke. Ein feiner Schlauch zog sich quer über ihr Gesicht und mündete mit zwei Röhrchen in den Nasenöffnungen.

»Wie eine Marionette, die von ihrem Puppenspieler verlassen worden ist«, schoss es Lotti durch den Kopf. Ihr Blick glitt an den Kabeln entlang zu einem Monitor an der Wand, der ein Wirrwarr aus Kurven und sich ständig ändernden Zahlen anzeigte.

Als Tilda ihre Freundin erblickte, hellte sich die Miene der kranken Frau auf und sie nickte der Schwester zu.

»Gut, dann lasse ich Sie mal mit ihrer Besucherin alleine, Frau Weber. Wenn etwas ist, oder Sie etwas brauchen, drücken Sie einfach auf den roten Knopf.«

Tilda nickte wieder und griff zur Bestätigung zu dem kleinen Kästchen mit der Notfalltaste, das neben ihrer linken Hand platziert war.

»Wunderbar, ich schaue nachher noch mal rein«, verabschiedete sich die Pflegerin, dimmte das Licht etwas und verließ den Raum.

Lotti zog sich einen Hocker an Mathildes Bett heran. Sonst eher selten um Worte verlegen, brachte sie jetzt nur ein leises »ach Tilda« heraus, als sie behutsam nach der schmalen Hand ihrer Freundin griff.

»Halb so schlimm, Unkraut …«, Tilda suchte vergebens nach Worten, »Unkraut …

und so.«

»Ja, du hast recht, Unkraut vergeht nicht«, ergänzte Lotti liebevoll Mathildes Satz.

Als Tilda auf Nachfrage ihrer Freundin mühselig vom Nachmittag im Krankenhaus erzählte, fiel Lotti auf, dass deren Sprache immer noch sehr verwaschen klang. Das »s« sprach Mathilde wie ein »ch« aus und es strengte sie sichtlich an, die passenden Begriffe zu finden, aber zumindest schien sie schon deutlich klarer und in besserer Verfassung als am Mittag zu sein.

»Du hast uns einen ganz schönen Schrecken eingejagt, Liebes«, sagte Lotti, während sie von ihrem Schemel aufstand, um die mitgebrachten Sachen in das Fach des Wandschrankes zu legen, das Mathilde zugeteilt worden war.

»Leben darf nie langweilig werden«, entgegnete Tilda und versuchte sich an einem halben Lächeln.

»Typisch Tilda«, dachte Lotti. So kannte sie ihre Freundin. Sie verlor auch in belastenden Situationen fast nie den Humor.

»Da gehe ich dann aber doch das nächste Mal lieber ins Theater, wenn mir nach Unterhaltung ist!«, erwiderte sie und blinzelte Mathilde zu.

Vom Schrank aus konnte Lotti sehen, dass sich hinter einem Raumteiler, der in der Mitte des Zimmers stand, ein zweites Bett verbarg, in dem eine augenscheinlich bewusstlose Frau lag. Diese schien es deutlich schwerer getroffen zu haben als Mathilde. Ihr Leben hing an Geräten, die sie mit Sauerstoff und Medikamenten versorgten.

»Und Erna?«, lenkte Tildas Stimme Lottis Aufmerksamkeit von dem bedrückenden Anblick fort.

»Das mit der Unterbringung bei Ulla hat

leider nicht geklappt«, antwortete Lotti, schloss die Schranktür und nahm wieder auf dem Hocker Platz, »die ist nämlich mitsamt Göttergatten verreist.«

»Wollte es sagen. Konnte nicht«, bedauerte Tilda.

»Das weiß ich doch, meine Liebe«, sagte Lotti beruhigend. »Damit es ihr trotzdem gut geht, haben wir sie jetzt mit in die Residenz genommen.«

Ungläubig schaute Tilda ihre Freundin an. »Wie?«

»Heimlich! Mein Zimmer liegt ja ein ganzes Stück von den Verwaltungsräumen entfernt, und die Frau, die das Zimmer neben mir bewohnt, ist taub wie eine Nuss. Es kriegt schon keiner mit, dass bei uns ein kleiner Mitbewohner eingezogen ist. Ist ja nur vorübergehend. Du hast ja hoffentlich vor, wieder ganz gesund zu werden, damit klein Erna dich schnell wiederbekommt, oder?«

Mathilde wusste nicht, ob sie lachen oder schimpfen sollte und sagte stattdessen nur: »Hoffentlich!« Dieses Mal war sie es, welche die Hand der Freundin ergriff, aus Dankbarkeit.

Schon seit ihren Schultagen hatten die beiden zueinander gestanden und sich manches Mal gegenseitig aus der Patsche geholfen. Selbst in den vielen Jahren, die Lotti mit ihrem Mann und den Kindern in einer anderen Stadt gelebt hatte, war der Kontakt zwischen ihr und Mathilde nie ganz abgebrochen. Den Frauen wurde der Wert dieser lang andauernden, vertrauten Verbindung in diesem schweren Moment stärker bewusst als jemals zuvor.

Als Lotti in die Seniorenresidenz zurückkehrte, war es draußen längst stockdunkel.

Jakob, der schon sehnsüchtig auf sie gewartet hatte, scheute er doch die alleinige Verantwortung für ihren kleinen Schützling, stand bereits in seiner Zimmertür wie ein Zinnsoldat unter dem Weihnachtsbaum.

»Wie gut, dass du endlich kommst, Lotti!«

»Wieso?«, fragte diese alarmiert, »ist etwas passiert?«

»Nein, aber es hätte ja immerhin etwas passieren *können*!«, betonte Jakob und verschränkte nachdrücklich die kurzen Arme vor der Brust.

Lotti verdrehte die Augen, zog den alten Herren hinaus auf den Flur und mit zu ihrem Zimmer.

»Hast du denn wenigstens mal nach ihr gesehen, während ich weg war?«, erkundigte sie sich misstrauisch, als sie die Tür aufschloss.

»Gesehen. Was heißt schon gesehen? Von

ihr ist ja nichts zu sehen!«, erklärte Jakob unwirsch.

Als Erstes warf Lotti einen Blick auf die inzwischen leere und säuberlich ausgeleckte Futterschale. An Appetit schien es der Kleinen also nicht zu mangeln. Allerdings befand sich auch ein verräterischer nasser Fleck auf dem Teppich. Erna kauerte nach wie vor unter dem Bett und knurrte, sobald sie sich demselbigen näherten.

»Ich würde vorschlagen, wir gehen jetzt Abendbrot essen und danach führen wir sie Gassi, bevor wir ins Bett gehen«, sagte Lotti.

»Gegessen habe ich schon«, antwortete Jakob ohne auch nur die leiseste Anwandlung eines schlechten Gewissens. »Ich konnte ja nicht wissen, ob du heute noch mal wiederkommst.«

»Umso besser«, stellte Lotti fest. »Dann gehe ich jetzt eben alleine in den Speisesaal.

Du machst in der Zwischenzeit die Pfütze hier weg und wartest, bis ich wieder da bin. Von Tilda erzähle ich dir nachher.«

Jakob brummelte unwillig etwas vor sich hin, entschied aber, dass es klüger sei, seiner unnachgiebigen Verbündeten nicht zu widersprechen.

Als diese endlich das Zimmer verlassen hatte, schlüpfte er rasch aus seinen Filzpantoffeln, ließ sich auf ihr Bett plumpsen und griff zur Fernbedienung, die auf dem Nachtschränkchen lag. Gleich fingen die acht Uhr Nachrichten an und die verpasste er nie. Da würde auch so ein schmächtiges Dingelchen unter dem Lattenrost nichts dran ändern, basta!

🐾🐾🐾🐾🐾

Zu Jakobs drittem Geburtstag hatte Tante Hilde eine große Torte gebacken, die seine Mutter mitten auf dem festlich gedeckten Tisch platzierte.

Der kleine Junge bestaunte die Marzipanrosen auf der Schlagsahne und hätte am liebsten mitten in die süße Köstlichkeit gelangt, wäre da nicht Mamas strenger Blick gewesen.

»Mein lieber Jakob, du weißt doch, Torte essen wir mit einer Kuchengabel, und außerdem wird gewartet, bis alle Gäste angekommen sind!«

Dass diese doofe Warterei aber auch immer so lange dauern musste! An Geburtstagen unglücklicherweise noch viel länger als sonst.

Des Ausharrens müde schlenderte Jakob hinüber ins Wohnzimmer, wo der kalte Wind durch das alte Ofenrohr pfiff und die glühenden Holzscheite hinter den grünen Kacheln zum Knacken brachte. Er reichte jetzt schon mit der Nasenspitze bis an die Kante der niedrigen, glänzend polierten Holzvitrine. So konnte er seine dort aufgereihten Geburtstagsgeschenke begutachten, wenn er sich auf die Zehenspitzen stellte und kräftig reckte.

»Siehst du, Kalle, das kannst du nicht, dazu musst du noch ordentlich wachsen!«, belehrte der Junge seinen neben ihm stehenden Kumpel, der freundlich zustimmend mit dem Schwanz wedelte.

Kalle, das war der Familiendackel und Jakobs Verbündeter in allen Lebenslagen.

Damit der Hund den fein gekleideten Geburtstagsgästen optisch in nichts nachstand, hatte Mama ihm extra eine karierte Schleife umgebunden, welche die gleichen Farben hatte wie das Tuch um Jakobs Hals.

Der kleine Junge riss sich vom Anblick seiner neuen Schätze auf der Vitrine los und spähte durch den Türspalt zu den bereits anwesenden Familienmitgliedern im Esszimmer. Tante Hilde und Onkel Dieter waren schon da, Oma Frieda und Opa Erwin auch. Jetzt fehlte nur noch Tante Edeltraud mit ihrer Tochter Annegret.

Annegret war schon ein Backfisch und noch dazu ein ziemlich eingebildeter, fand Jakob. Jedenfalls hatte sie nie Lust, mit ihm zu toben und zog nur die Nase kraus, wenn er ihr stolz einen frisch ausgebuddelten Regenwurm oder eine gerade gefangene Jagdspinne im Glas präsentierte.

Aber Mädchen benahmen sich ja zum Glück nicht alle so mimosenhaft. Die Irma von der anderen Straßenseite war fünf Jahre alt, und die war ganz anders als Annegret. Irma spielte nämlich immer mit ihm in der tollen Kiesgrube hinter dem Haus und konnte das Wasser beim Pfützenspringen sogar noch viel toller spritzen lassen als er.

Heute würde er aber leider mit seiner Cousine vorliebnehmen müssen, da gab es kein Entkommen.

Endlich hatte das Warten ein Ende, alle Gäste waren eingetroffen und nahmen am Esstisch Platz. Mit Mamas Hilfe durfte Jakob die Torte anschneiden und bekam sogar das erste Stück.

Wenn gerade niemand hinschaute, steckte er Kalle, der wie immer beim Essen erwartungsvoll neben seinem Stuhl hockte, ein paar Krumen zu. Zum Dank putzte ihm dieser mit seiner nassen Zunge die Finger sauber.

»Hach, das war köstlich!«, sagte Oma, nachdem sie den letzten Krümel ihres Tortenstückes verspeist hatte und lehnte sich auf dem Stuhl zurück. »Aber auch ganz schön süß. Jakob, Schätzchen, wärst du so lieb, mir ein bisschen Wasser zu holen? Nimm einfach meine Kaffeetasse, dann muss die Mama nachher nicht extra ein Glas für mich abwaschen.«

Jakob kletterte vom Stuhl und nahm die Tasse entgegen. Mit Kalle an seiner Seite verließ er stolz das Esszimmer, um seiner wichtigen Aufgabe nachzukommen. Er fühlte sich sehr erwachsen, bat Oma doch ihn und nicht seine Mama um diesen Gefallen.

Als Jakob mit der vollen Tasse zurückkam, bedankte sich die Großmutter und trank das Wasser in großen Schlucken.

»Esse ich vielleicht doch noch ein Stückchen?«, überlegte sie laut und ließ sich postwendend von Mama ein weiteres Tortenstück auf den Teller schaufeln.

Fasziniert beobachtete Jakob, wie das zweite und dann noch ein drittes Stück in Omas Mund verschwand. Wenn er mal groß war, wollte er auch so viel Torte essen können.

»Möchtest du noch eine Tasse Wasser?«, fragte er seine Großmutter fürsorglich, als sich diese mit der Serviette die Mundwinkel abtupfte.

»Aber gerne, mein Herzchen!«, antwortete die Oma und hielt Jakob, entzückt über dessen Aufmerksamkeit, ihre Tasse entgegen. Dieser begab sich, eskortiert von Kalle, auf seine zweite Mission.

Nach Oma verlangte auch Tante Edeltraud nach einer Tasse Wasser. Jakob kam diesem Wunsch nur zu gerne nach. Annegret, so dachte er, hatte an ihrem dritten Geburtstag sicherlich noch keinen Gänsewein für ihre Gäste holen dürfen. Dafür war sie bestimmt noch viel zu blöd gewesen.

»Also«, verkündete er mit fester Stimme, nachdem er Tante Edeltraud das Getränk überreicht und diese den ersten Schluck genommen hatte, »wenn jetzt noch jemand Wasser möchte, wird es knapp!«

»Aber warum denn, Junge?«, erkundigte

sich Mama erstaunt.

»Na, weil das Wasser in der Kloschüssel fast alle ist«, antwortete Jakob und hob unschuldig die kleinen Hände in die Höhe.

Verwundert sah er mit an, wie daraufhin die Tassen von Oma Frieda und Tante Edeltraud fast gleichzeitig auf die Unterteller krachten. Hätte er selber so einen Lärm veranstaltet, hätte es aber Ärger gegeben!

Tante Edeltraud verbarg angewidert ihr Gesicht hinter einem Spitzentaschentuch, dabei zuckten ihre Schultern, als hätte sie gerade einen Frosch verschluckt. Annegret kreischte mal wieder hysterisch und Oma brach, nachdem sie einen Moment lang verdutzt geschaut hatte, in schallendes Gelächter aus, in das die übrigen Geburtstagsgäste einstimmten. Onkel Dieter kullerten vor Lachen so sehr die Tränen über die Wangen, dass seine Augen hinter den beschlagenen Brillengläsern gänzlich verschwanden und er sein Nasenfahrrad schließlich am Pulloversaum trockenwischen musste.

»Ich komme doch noch nicht bis an den Wasserhahn«, versuchte Jakob, dem der Grund für diese Aufregung ein Rätsel war, seine Verwandtschaft zu übertönen.

Kalle, dem das Spektakel zu bunt wurde, flüchtete mit einem mürrischen Knurren unter den Esstisch.

»Pst, so beruhige dich doch!«, redete Jakob seinem Kalle gut zu, doch der grollte weiter.

Da erklang die rügende Stimme seiner Mutter neben ihm: »Meine Güte, Jakob, schläfst du schon wieder?«

»Aber ich schlafe doch gar nicht, Mama, dazu ist es hier viel zu laut!«, antwortete er und wunderte sich, dass seine Zunge beim

Sprechen plötzlich so schwer war und er nur noch verschwommen sehen konnte.

»Dann schnarchst du also neuerdings, wenn du wach bist, und was heißt hier eigentlich ›Mama‹?«

Jakob schreckte hoch, rieb sich die schweren Augenlider, blinzelte und blickte in Lottis verärgertes Gesicht. Donnerlittchen, da war er doch tatsächlich eingenickt! Unter dem Bett knurrte nicht etwa Kalle, sondern Erna, die lautstark ihren Unmut über Lottis Eintreten kundtat.

»Da lässt man dich einmal für ein halbes Stündchen alleine und …«, setzte Lotti zu einer Schimpftirade an.

»Du bist ja schon von Natur aus hübsch, ich hingegen benötige eben ab und zu meinen Schönheitsschlaf!«, rechtfertigte sich Jakob und gähnte.

»Um Schmeicheleien war der gnädige Herr

ja nie verlegen«, erwiderte Lotti kopfschüttelnd. »Ich lege Erna gleich mal ihr Geschirr an und gehe mit ihr nach draußen.«

Nachdem Jakob sich aufgerappelt hatte und in seine Pantoffeln geschlüpft war, gelang es den beiden, die zitternde Hündin einzufangen, die inzwischen offenbar zu müde zum Schnappen war.

»Armes Hundchen«, sagte Lotti. »Was muss das alles beängstigend für dich sein, erst der Umzug zu uns, und dann sägt dir der Onkel auch noch die Ohren voll, anstatt sich um dich zu kümmern.« Sie nahm Erna hoch und verbarg sie unter ihrem halb aufgeknöpften Wollmantel.

Zähneknirschend schluckte Jakob eine garstige Gegenbemerkung runter und ging zum Lichtschalter.

»Ich mache lieber mal die Lampe aus, bevor wir die Gardinen aufziehen, sonst sieht

Euch noch jemand vom gegenüberliegenden Hausflügel.«

Aus Lottis Zimmer führte eine halb verglaste Tür auf ihre kleine Steinterrasse hinaus, die wiederum an den gepflasterten Vorplatz der Residenz angrenzte.

»Wie schön, dass er zumindest hin und wieder mal mitdenkt«, dachte Lotti und nickte Jakob zu, bevor das Licht erlosch. »Du stehst hier Schmiere und behältst den Haupteingang im Auge, bis ich mit dem kleinen Fräulein wieder zurück bin.«

»Ach Ernalein, nun zier dich doch nicht so«, redete Lotti auf die kleine Hündin ein und hielt ihr lockend einen der Hundekekse vor die Nase, die sie auf dem Rückweg vom Krankenhaus noch schnell in einem Supermarkt besorgt hatte.

Aber Erna ließ sich nicht bestechen. Den Schwanz unter den Po geklemmt, saß sie auf dem Grünstreifen unter einer Straßenlaterne und weigerte sich, auch nur einen Zentimeter zu laufen, geschweige denn, ihr Geschäft zu verrichten. Zog Lotti sachte an der Leine, legte sie die Ohren zurück und ließ mit kraus gezogener Nase eine Reihe weißer Zähnchen über ihrem leicht hervorstehenden Unterkiefer aufblitzen.

»Ja, aber du musst doch was machen, Kind, die Zeit bis morgen Früh wird sonst viel zu lang für dich!«

Als Antwort drehte Erna ihr den Rücken zu.

Schließlich gab Lotti auf, hob die Hündin wieder auf den Arm und trug sie an Jakob vorbei ins Zimmer.

»Und, hat sie?«, flüsterte Jakob.

»Nein, hat sie nicht«, antwortete Lotti.

»Als ich noch ein Kind war, hatten wir ja auch einen Hund, den Kalle, und wenn wir mit dem Gassi gegangen sind, funktionierte das mit dem Strullern immer ganz problemlos«, tat Jakob fachmännisch kund, während er die Tür hinter seiner Freundin schloss, die Gardinen vorzog und das Licht wieder anknipste. »Irgend etwas machst du da wohl falsch!«

Lotti atmete schnaufend durch die Nase aus. »Wenn du meinst, du kannst es besser, dann bitteschön: Morgen bist du dran!«

»Ich?«, entrüstet hob Jakob das Kinn. »Mit so einem kleinen Fiffi? Was sollen denn die Leute denken, wenn ein ausgewachsener Kerl mit einem Teppichporsche an der Leine daherkommt? Wäre das ein Schäferhund oder so was in der Art, dann sähe die Sache schon ganz anders aus.«

Lotti starrte Jakob an. Nicht zu fassen, wie kleinkariert und überheblich er manchmal sein konnte!

»Mein lieber Jakob Michalski, du musst doch sowieso darauf achten, dass dich unterwegs keiner sieht, und falls dir doch jemand über den Weg laufen sollte, sagst du einfach, du würdest einer Bekannten einen Gefallen tun und liebenswürdigerweise ihren Hund ausführen. Du musst ja niemandem auf die Nase binden, dass du Erna anschließend wieder mit in die Residenz nimmst. Ziehen wir nun an einem Strang oder nicht?«

Mangelndes Pflichtgefühl wollte sich Jakob freilich nicht vorwerfen lassen.

»Ich meinte das ja nur generell«, lenkte er darum schleunigst ein, »bei Erna kann ich wohl mal eine Ausnahme machen.«

»Außerdem sind Frauen ganz wild nach Männern mit kleinen Hunden, wusstest du das etwa noch nicht?«, bemerkte Lotti betont beiläufig, als sie Erna das Geschirr abnahm.

»Tatsächlich?« Jakob sah sich angesichts dieser Offenbarung bereits von einer Schar entzückter junger Damen umringt, die ihn für die heroische Tat bewunderten, einer kranken Bekannten bei der Betreuung ihres Hündchens zu helfen. Zu seinem Leidwesen katapultierte Lottis Stimme ihn unerbittlich in die Realität zurück.

»Also, ein Mann, ein Wort? Da Erna eben nichts gemacht hat, wirst du dann aber spätestens um fünf Uhr in der Frühe hier sein müssen, damit es nicht wieder einen See gibt.«

»Abgemacht, heute Nacht um fünf Uhr!«, beteuerte Jakob heldenmütig, tätschelte Erna den Kopf und ging betont strammen Schrittes hinüber in sein Zimmer.

Kaum war Jakob weg, verzog sich Erna in ihre Transporttasche und saß auch noch dort drinnen, als Lotti etwas später bettfein und im Nachthemd aus dem Badezimmer kam.

Nachdem sie unter ihre Decke geschlüpft war, wandte sich noch einmal zu ihrer kleinen Besucherin um.

»Also gut, Ernalein, dann hoffen wir mal, dass es deinem Frauchen bald besser geht und du es schnell wiederbekommst. Jetzt schlafen wir, und morgen gibt es bestimmt schon erfreulichere Neuigkeiten.«

Was sollte bloß aus der Kleinen werden, falls Tilda doch nicht wieder ganz gesund würde. Kaum hatte sie den Gedanken zu Ende geführt, fiel sie in einen tiefen, erschöpften Schlaf.

🐾🐾🐾🐾🐾🐾

Einige Stunden später wurde Lotti von einem leichten Ruckeln an ihrem Bett geweckt. Etwas tapste vorsichtig auf dem Rand der Matratze entlang, sorgsam darauf bedacht, bloß nicht die Aufmerksamkeit der großen Menschenfrau auf sich zu ziehen.

Lotti bemühte sich, ganz still zu liegen und gleichmäßig weiter zu atmen, als sie ein grunzendes Schnüffeln direkt an ihrem Ohr vernahm.

Da nutzte dieses kleine Wesen den Schutz der Dunkelheit, um sich ein genaueres Bild von dem fremden Geschöpf zu machen, das es so mir nichts, dir nichts aus dem Haus seines Frauchens entführt hatte.

Scheinbar zu dem Entschluss gekommen, dass Lotti harmlos sei, setzte sich Erna zunächst neben sie und lüpfte schließlich die Bettdecke, um sich mit der Nase voran darunter zu schieben.

Lotti spürte, wie sich das warme Fell der kleinen Hündin an ihre Seite schmiegte. Als kurz darauf ein tiefer, zufriedener Seufzer unter der Decke erklang, huschte ein amüsiertes Lächeln über das Gesicht der alten Dame. Der erste Schritt in Richtung Vertrauen war getan.

Am nächsten Morgen tastete Lotti unter der Decke vorsichtig nach der Hündin, aber da war keine Erna mehr. Die lag schon wieder eingerollt in ihrer offenen Transporttasche und schnarchte in einer, angesichts ihres kleinen Klangkörpers, beachtlichen Lautstärke, die sogar Jakobs nächtliches Sägewerk übertönt hätte.

Als Lotti die Beine über den Bettrand schwang, bewegten sich Ernas Ohren wie zwei Antennen in ihre Richtung. Eines ihrer Augen öffnete sich einen Spalt breit und blinzelte verschlafen.

Ein Schmatzen, ein Gähnen, und auch die Hündin war wach und schaute mit kritischem Blick von Lottis ewig kalten Füßen, die darum in dicken Wollsocken steckten, entlang an ihren nackten Beinen über das geblümte Nachthemd bis hin zum grauen Lockenschopf, der von einem grünen Haarnetz in Schach gehalten wurde. Danach stand sie auf, streckte sich ausgiebig nach vorne und nach hinten und ließ sich wieder auf den Bauch sinken, das Kinn auf die ordentlich nebeneinandergelegten Vorderpfötchen platziert.

»Du musterst mich aber gründlich!«, stellte Lotti schmunzelnd fest und warf einen Blick auf den altmodischen Wecker auf ihrem Nachtschränkchen. Es war längst sechs Uhr vorbei. Wo blieb Jakob?

»Da hat der olle Stiesel wohl mal wieder verschlafen, und wir Mädels müssen alleine klarkommen«, sagte sie zu Erna. »Wie wäre es mit einem Häppchen zum Frühstück?«

Wachsam beobachtete Erna ihre Gastgeberin und setzte sich erwartungsvoll auf. Das Wort *Frühstück* schien sie zu kennen.

Lotti schaufelte etwas Hundefutter in die Porzellanschüssel und hielt diese vor sich hin. Die Hündin guckte irritiert vom Napf zu Lotti und von Lotti zum Napf.

»Du musst schon näher herankommen, wenn du etwas haben willst!« Die alte Dame ging langsam in die Hocke, um nicht ganz so bedrohlich zu wirken.

Erna stand auf und reckte den Kopf in Richtung Napf. Immer weiter und weiter, die krummen Beinchen nach hinten ausgestreckt, bis sie so schräg stand, dass es aussah, als würde sie gleich vornüberkippen.

Dann endlich wagte sie den ersten Schritt, noch einen und noch einen weiteren, ohne Lotti dabei aus den Augen zu lassen.

Diese spürte, wie ihre Unterschenkel zu kribbeln begannen und stützte sich nur kurz auf dem Boden ab, um es sich bequemer zu machen, schwupps, da flüchtete der kleine Hund wieder in seine Behausung.

Lotti seufzte: »Na gut, das braucht dann wohl doch noch etwas mehr Zeit.«

Sie stellte den Napf vor Ernas Tasche ab, damit diese in Ruhe fressen konnte, und machte sich an ihre Morgentoilette.

Beim Ankleiden durchzuckte sie ein unangenehmer Gedanke. Heute hatte ihre Tochter Dienst, was ja an und für sich eine gute Sache war, denn sie freute sich natürlich darüber, Regine zu sehen, die einige Tage in der Woche als Pflegerin in der Residenz arbeitete.

Das eigentliche Problem war, dass Regine während ihres Dienstes auch mal im Zimmer ihrer Mutter vorbeischaute, was unter den gegebenen Umständen in einer kleinen Katastrophe enden könnte.

Regine kam um acht, also würde Lotti die Hündin spätestens nach dem Frühstück zu Jakob bringen und außerdem dafür sorgen müssen, dass ihre Tochter nicht in dessen Zimmer ging.

Für gewöhnlich kam das nicht vor, da sich Lotti und Jakob noch selber versorgen und ihre Zimmer in Ordnung halten konnten. Jakob hatte nur einmal in der Woche eine Hilfskraft, die gründlich sauber machte, aber während dieser Zeit müssten sie Erna eben immer in Lottis Zimmer unterbringen.

In Nullkommanix hatte Erna aufgefressen und winselte leise.

»Ist gut, meine Kleine«, sagte Lotti, »wir gehen jetzt erst einmal Gassi, und danach schaut die Tante Lotti mal, wo der faule alte Mann bleibt, der gestern noch so großspurig dahergeredet hat.«

Als Lotti, Erna unter dem Jackenaufschlag, aus der Terrassentür in den frühen Wintermorgen hinaustrat, brannte in den ersten Bewohnerzimmern schon Licht.

Sie musste vorsichtig sein, denn um diese Stunde begann für einige Mitarbeiter der Dienst, andere beendeten die Nachtschicht und verließen das Gebäude. Sie würde in den Park hinter dem Haus gehen müssen, um nicht gesehen zu werden.

Leise schritt sie um die Residenz herum, die aus zwei Wohnflügeln und einem Pflegebereich sowie dem Haupttrakt bestand, in dem sich die Verwaltungs- und Funktionsräume, der Speisesaal und die Küche befanden.

Der Schein der Laternen von der angrenzenden Straße sickerte zwischen den alten Bäumen hindurch auf das weiß gefrorene Unterholz und tauchte den Park in ein unheimlich wirkendes, schattendurchzogenes Leuchten.

Vorsichtig setzte Lotti Erna auf dem Waldboden ab, die sofort dankbar auf die Seite des Weges lief und ihr Geschäftchen verrichtete.

»Brav!«, lobte Lotti. »Na siehst du, es ist doch gar nicht so schlimm, auch mal ein paar Schrittchen zu gehen!«

Erna scharrte im vom Herbst übrig gebliebenen, harschen Laub, dass die Blätter nur so flogen, und Lotti wunderte sich, was so ein kleiner Hund für einen großen Wirbel veranstalten konnte.

Plötzlich raschelte etwas im Gebüsch. Eine Maus auf Nahrungssuche vielleicht oder eines der Eichhörnchen, die sich auf Lottis Spaziergängen immer mal wieder im Geäst blicken ließen.

Erna nahm Witterung auf, spitzte die Ohren und blieb, ein Vorderpfötchen in der Luft, wie angewurzelt stehen, um einen Moment später wie ein Pfeil im Dickicht zu verschwinden. Lotti glitt vor Schreck die Leine aus der Hand.

Gebückt und mit zusammengekniffenen Augen spähte sie angestrengt in das dunkle Unterholz. Anfangs war noch das Knacken dünner Äste zu hören, dann war alles still.

Verflixt, hätte sie bloß eine Taschenlampe mitgenommen!

Wie oft hatte Tilda gesagt, man müsse bei Erna wachsam sein, weil sie allem hinterherwolle, das sich bewegte. Sie würde deshalb immer die Leine zweimal ums Handgelenk wickeln und dem Hund ein sicheres Geschirr anlegen.

»Das hast du ja mal wieder ganz toll hingekriegt!«, schalt Lotti sich selber.

Während sie, nach Erna rufend, durch den dämmerigen Park lief und dabei versuchte, nicht auf dem rutschigen Weg auszugleiten, schossen ihr die schlimmsten Ideen durch den Kopf. Es war doch so kalt, die Kleine könnte sich einen Schnupfen holen oder gar erfrieren. Sie könnte von bösen Menschen mitgenommen werden oder sich verlaufen und nie wieder zur Residenz zurückfinden. Schließlich kannte sie sich hier ja noch gar nicht aus.

Und wie sollte Lotti ihrer Freundin erklären, dass ihr geliebtes Hündchen weg war? Die hatte auch so schon genug zu verkraften.

Lotti lief immer wieder die menschenleeren Haupt- und Nebenwege des Parks ab, bis sie letztendlich ohne Erna zur Residenz zurückkehren musste.

Tilda hatte ihr einmal erzählt, dass die Hündin einen Chip unter dem Nackenfell hatte, auf dem eine Nummer gespeichert war. Würde ein Tierarzt mit einem Scanner darübergehen, könne er diese auslesen. Die Nummer würde auch in Ernas Impfpass stehen und bei einem großen Haustierregister mit Mathildes Adresse und Telefonnummer hinterlegt sein. Durch so einen Chip konnte ein verloren gegangener Hund schnell wieder nach Hause zurückgebracht werden, wenn ihn jemand fand.

Aber bei Tilda wäre ja jetzt überhaupt niemand zuhause, falls sich irgendwer melden sollte, dem Erna zugelaufen war.

Lotti ging zur Garderobe und zog den Impfausweis, den sie zusammen mit Tildas und Ernas anderen Papieren aus deren Haus mitgenommen hatte, aus ihrer Handtasche.

Tatsächlich, da klebte sogar ein Sticker mit der Nummer direkt vorne auf dem blauen Heftchen. Aber wen genau sollte sie nun informieren?

Sie beschloss, zunächst einmal bei der örtlichen Polizei anzurufen und erklärte dem freundlichen Beamten am Telefon, was sich ereignet hatte. Dieser notierte sich Lottis Telefonnummer, versprach, sie zu benachrichtigen, wenn Erna bei ihnen als gefunden gemeldet wurde und gab ihr den Rat, auch dem örtlichen Tierschutzverein Bescheid zu geben.

Nachdem sie das erledigt hatte, ließ sich Lotti mutlos auf die Bettkante sinken und stützte ihren brummenden Kopf in die Hände, der von all den Sorgen ganz schwer war. Beim Anblick der leeren Hundetasche hätte sie losheulen können.

Während Lotti noch vor sich hin grübelte, klopfte es an ihrer Zimmertür.

Das würde der säumige Jakob sein. Den konnte sie jetzt schlecht mit Vorwürfen wegen seines Zuspätkommens überhäufen, hatte sie doch selber nicht gerade durch Verantwortungsbewusstsein geglänzt. Mit hängenden Schultern öffnete sie ihrem breit grinsenden

Freund.

»Wie kannst du nur so gut gelaunt sein?«, fragte Lotti unglücklich und wollte gerade von ihrem Missgeschick berichten, als sich Jakob an ihr vorbei ins Zimmer schob.

»Haben Sie das hier vielleicht verloren, Madame?«, fragte er keck und wies auf ein schwarzes Fellohr, das aus der Fleecedecke in seinen Armen herauslugte.

»Erna!«, rief Lotti erleichtert aus. Schneller als Jakob gucken konnte, nahm sie die Hündin an sich. Die schaute sie unschuldig aus ihren feuchten Äuglein an und schien sich über die Aufregung der alten Dame zu wundern.

»Ich wusste doch, dass du dich freuen würdest«, schmunzelte Jakob. »Vorhin, nachdem ich mich gerade angezogen hatte, hörte ich ein Kratzen an meiner Terrassentür. Und wer stand davor? Die Erna! Sie hat vor Kälte gezittert, die arme Maus. Hat bei deinem Zimmer ja niemanden angetroffen und sich dann wohl gedacht, sie geht mal schauen, ob der nette Herr von nebenan ihr die Tür öffnet. Da von dir weit und breit nichts zu sehen war, habe ich sie hereingelassen, bevor die Wesselhausen sie zu Gesicht bekommen konnte. Mit einem Bestechungsleckerchen ließ sich Erna sogar von mir auf den Arm nehmen. Übrigens, Entschuldigung für meine Verspätung, mein Wecker hat wohl heute verschlafen.« Jakob guckte bei diesem Eingeständnis allerdings noch unschuldiger aus der Wäsche als Erna zuvor.

Lotti jedoch war Jakobs Versäumnis inzwischen völlig egal, Hauptsache, sie musste ihrer Freundin nicht den Verlust ihrer geliebten Hündin verkünden, und so drückte sie dem verblüfften alten Herren einen dicken Kuss auf die Wange.

»Wo jetzt alles wieder gut ist und Erna in

Sicherheit, möchtest du zuerst frühstücken gehen oder soll ich?«, fragte sie bestens gelaunt, nachdem sie Jakob erzählt hatte, warum die Hündin überhaupt abhandengekommen war.

»Geh du mal«, sagte er großmütig, »damit du wieder Farbe bekommst. Du bist ja immer noch ganz bleich.«

Lotti kam Jakobs Vorschlag nur zu gerne nach, allerdings nicht, ohne vorher pflichtbewusst Entwarnung bei der Polizei und dem Tierschutzverein gegeben zu haben.

»Nimmst du Erna dann bitte gleich mit auf dein Zimmer, Jakob? Regine hat heute Dienst, und ich möchte nicht, dass sie unsere kleine Besucherin bei mir entdeckt.«

Nachdem Jakob eingewilligt hatte, machte sich die alte Dame, samt ihrer Handtasche und einem knurrenden Magen, auf in den Speisesaal.

🐾🐾🐾🐾🐾🐾

Auf dem Weg zu ihrem angestammten Frühstücksplatz kam Lotti an Frau Wesselhausen vorbei, die heftig gestikulierend auf eine der Pflegerinnen einredete. Einem unbehaglichen Gefühl folgend, das sich in ihrer Magengegend breitmachte, verlangsamte sie ihren Schritt und lauschte möglichst unauffällig.

»Aber wenn ich es Ihnen doch sage!«, bekundete ihre Zimmernachbarin gerade gegenüber der Frau im blauen Kittel, die zweifelnd dreinblickte. »Da war vorhin ein Marderhund auf der Terrasse. Ich habe es genau gesehen! Gerade neulich kam eine Dokumentation darüber im Fernsehen. Ich weiß also, wie diese Viecher ausschauen.«

»Erna!«, schoss es Lotti durch den Kopf. Die Wesselhausen musste die Hündin also doch gesehen haben, als diese alleine aus dem

Wald zurückgekommen war und an deren Fenster vorbeilief. Obwohl Erna im Hellen betrachtet so gar nicht wie ein Marderhund aussah, konnte einem die Wahrnehmung im Halbdunkel schon mal einen Streich spielen.

»Frau Wesselhausen, das war bestimmt nur eine herumstreunende Katze«, entgegnete die Pflegerin. »Selbst wenn es ein Marderhund gewesen sein sollte, wird er Ihnen gewiss nichts tun, das sind ganz scheue Tiere.«

»Aber die sind doch ganz selten in dieser Gegend, und vielleicht wäre das ein interessanter Beitrag für den Naturteil der Zeitung«, ereiferte sich Frau Wesselhausen beifallheischend.

»Na, dann halten Sie in den nächsten Tagen mal die Augen offen, und wenn das Tier wieder auftaucht, können Sie immer noch die Zeitung verständigen. Die wollen dann aber bestimmt auch ein schönes Foto von dem Marderhund, damit die Leser etwas zu schauen haben. Sie wissen ja, wie das ist.« Die Pflegerin hatte es erkennbar eilig und bemühte sich, das Gespräch auf eine höfliche Art zu beenden, um ihren eigentlichen Pflichten nachkommen zu können.

Sichtbar enttäuscht darüber, die Gesprächspartnerin nicht in gewünschter Weise mit ihrer Sensationslust angesteckt zu haben, trat Frau Wesselhausen den Rückzug Richtung Frühstückstisch an, wo sie ihre tierische Begegnung bereits einen Moment später an ihre Sitznachbarn weitertratschte.

Ihr Platz war zwei Tische entfernt, sodass Lotti nicht genau hören konnte, was die Wesselhausen dort zum Besten gab. Ihrer Gestik nach war aus dem harmlosen Marderhund aber mindestens ein Luchs oder noch etwas Größeres geworden.

Kopfschüttelnd biss Lotti in ihr Marmeladenbrötchen. Sie würde in Zukunft wirklich besser achtgeben müssen, denn wenn ihre Zimmernachbarin erst einmal bei irgend etwas Lunte gerochen hatte, stand sie einem ausgebildeten Wachhund in nichts nach.

»Hast du denn alles, was du bis zu den Weihnachtsfeiertagen brauchst?«, fragte Regine, als sie mit ihrer Mutter gemeinsam deren Zimmer betrat. Sie hatte Lotti zuvor beim Frühstück im Speisesaal angetroffen. »Ich fahre heute Abend zum Einkaufen und könnte dir noch etwas mitbringen.«

»Danke dir, mein Schatz, aber das ist nicht nötig, Jakob und ich waren gestern schon los«, entgegnete Lotti und lauschte besorgt auf etwaige verräterische Geräusche aus dem

Zimmer nebenan, doch es war nur der Ton von Jakobs Fernseher zu hören, in dem irgendeine Weihnachtssendung lief.

»Was ist das denn, Mama, willst du dir einen Hund anschaffen?«, fragte Regine mit einem erstaunten Blick auf Ernas Samttasche in der Zimmerecke, während Lotti gerade aus den Stiefeln und in ihre Hausschuhe stieg.

Im Geiste drehte Lotti ihrem Freund den Hals um. Konnte dieser Mann denn nicht ein einziges Mal selbständig mitdenken? Er hatte Erna mitgenommen, ja! Aber es war doch wohl klar, dass auch eine Hundetasche bei Regine Verdacht erwecken konnte.

»Ich, ähm, nein, natürlich nicht!«, stammelte Lotti und suchte verzweifelt nach einer Ausrede. Warum nicht zumindest bei der Halbwahrheit bleiben?

»Die Tilda hatte einen Schlaganfall, kurz bevor Jakob und ich sie gestern besucht haben. Sie musste ins Krankenhaus und bat uns, ihre kleine Hündin zu ihrer Nichte zu bringen.«

»Wirklich? Die arme Tilda!«, entgegnete Regine bestürzt, »aber warum steht die Tasche denn hier bei dir?«

»Die, also, die habe ich in der Aufregung versehentlich wieder mitgenommen, nachdem wir Erna abgeliefert hatten.«

Lügen lag Lotti gar nicht, und sie fühlte sich sehr schlecht dabei, ihre eigene Tochter anzuflunkern. Schließlich hatte sie ihren Kindern ja selber immer gepredigt, dass man ehrlich zu sein habe.

Regine schien sich allerdings mit der Antwort zufrieden zu geben. Während sie ins Bad ihrer Mutter ging, um sich zu vergewissern, ob dort alles Nötige vorhanden war, erkundigte sie sich nach Einzelheiten zu Mathildes Befinden.

Während Lotti antwortete, fiel ihr ein, dass Jakob auch die improvisierten Näpfe vergessen haben könnte. Die Badezimmertür im Auge behaltend, hastete sie um das Bett herum und fand die Schalen natürlich noch dort, wo sie sie zurückgelassen hatte. Rasch schob sie den Fressnapf mit dem Fuß unter ihr Nachtschränkchen.

Den Bruchteil einer Sekunde bevor Regine wieder ins Zimmer kam, kickte Lotti die volle Wasserschüssel hinterher, wobei das kühle Nass ungemütlich in ihren Hausschuh schwappte. Tapfer versuchte sie, sich nichts anmerken zu lassen, als sie hinter dem Bett hervorkam.

»Du hast umgeräumt, Mama, das gefällt mir gut«, lobte Regine mit einem Blick auf Lottis neuerdings mitten im Raum stehende Schlafstätte.

»Mal was anderes kann nicht schaden,

dachte ich mir«, erwiderte Lotti. Ihre Augen suchten den Raum verstohlen nach weiteren Spuren ab, die ihren tierischen Gast enttarnen könnten. Ernas Haare auf dem Teppichläufer!

»Weißt du was, Regine«, sagte Lotti jäh, bevor auch ihrer Tochter die Flusen auffallen konnten, »ich glaube, ich werde noch einen kleinen Spaziergang machen.«

Sie versuchte, das schmatzende Geräusch, das ihr feuchter Hausschuh bei jedem Schritt von sich gab, durch Räuspern zu übertönen und lotste Regine Richtung Tür.

»Die Sonne kommt gerade heraus, du hast sicherlich viel Arbeit zu erledigen, und wir haben ja an Weihnachten so viel Zeit, uns miteinander zu unterhalten, nicht?«

Regine wunderte sich über die Eile ihrer Mutter, die sich eigentlich eher darüber zu beschweren pflegte, ihre Sprösslinge zu wenig zu Gesicht zu bekommen. Da aber für die Angestellten der Residenz durch die anstehenden Festtage tatsächlich etwas mehr als sonst zu tun war, widersprach sie Lotti nicht, schob deren seltsames Verhalten auf eventuell noch zu erledigende streng geheime Geschenkverpackungsaktionen und verabschiedete sich mit einer Umarmung.

»Wie du meinst, Mama. Ich schaue aber auf jeden Fall noch einmal herein, bevor ich dich am ersten Weihnachtstag abhole.«

»Ja, fein«, antwortete Lotti, die mit ihren Gedanken schon längst ganz woanders war.

»Meine Güte, nun mach doch nicht so ein Drama daraus, so was kann doch mal passieren!«, verteidigte sich Jakob, nachdem Lotti wutentbrannt in sein Zimmer geplatzt war. »Ich habe aus Versehen die Tasche bei dir stehen lassen, na und?«

»Na und?«, echote Lotti. »Musste *ich* mir eine Ausrede dafür einfallen lassen oder du?«

»Du weißt doch, wie problematisch das mit meinem Kurzzeitgedächtnis ist«, entgegnete Jakob pathetisch, »ich hatte eben vergessen, dass Regine heute bei dir vorbeischauen würde.«

»Du kannst gar kein Problem mit deinem Kurzzeitgedächtnis haben«, schoss Lotti bissig zurück, »du hast nämlich gar keins!« Ihre Stimme bebte vor verhaltenem Zorn.

Jakob kannte seine Freundin gut genug, um zu wissen, dass das ein Zeichen höchster Alarmstufe war. Also beschloss er kurzerhand, sich lieber kooperativ zu geben. Schließlich war er an dem Plan, die Hündin ins Seniorenheim zu bringen, nicht ganz unbeteiligt gewesen.

»Wenn du möchtest, nehme ich Erna heute den ganzen Tag zu mir, und du kannst in aller Ruhe zu Mathilde in die Klinik fahren. Was sagst du dazu?«

»Gut«, willigte Lotti nach kurzem Zögern ein und fügte mit erhobenem Zeigefinger hinzu: »Du darfst dann aber nicht vergessen, sie zu füttern und mit ihr Gassi zu gehen. Wo ihre Tasche im Moment noch steht, ist dir ja bekannt, die holst du am besten zu dir rüber.«

»Vielleicht solltest du mir eine Liste schreiben, da ich in deinen Augen ja offensichtlich senil bin«, erwiderte Jakob, nun doch etwas in seiner Ehre gekränkt.

Lotti verließ mit einem Kopfschütteln den Raum. Von diesem kauzigen Sturkopf würde sie sich gewiss nicht den Tag verderben lassen.

Jakob war es gelungen, Erna in ihrer Tasche unbemerkt aus dem Gebäude zu schaffen. Vorsichtshalber hatte er die Terrassentür als Ausgang genommen, da um die Mittagszeit auf den Gängen der Residenz viel los war.

Wie so häufig schlug er den Weg zu seiner Lieblingsbank im Park ein. Hier hatte er einst jeden Tag gesessen und Briefe an seine verstorbene Ehefrau geschrieben. Schmerz und Einsamkeit hatten ihn während seiner ersten Monate in der Seniorenresidenz zu überwältigen gedroht.

Dass er dann irgendwann Lotti begegnet war, kam ihm auch heute noch wie ein gnädiger Wink des Schicksals vor. Sie hatte es durch ihre bodenständige, optimistische Art vermocht, ihn aus seiner tiefen Lethargie zu reißen.

Die alte Dame hatte ihn damals einfach mit zum Einkaufen, zu Treffen mit Freunden oder Veranstaltungen geschleift. Proteste seinerseits ließ sie nicht gelten. Nach und nach hatte das Leben für ihn wieder einen hellen Schimmer bekommen.

Wenngleich sie sich häufig kabbelten, war Lotti seine engste Vertraute und Freundin in der Residenz.

Und nun tapste aus heiterem Himmel eine kleine Erna in ihr gemeinsames Leben und wirkte auf Jakob wie ein weiteres Glanzlicht. Versetzte ihn dieses putzige Dingelchen doch beinahe in seine Kindheit, als er mit seinem Dackel durch den Wald am Stadtrand gestreift war.

Das Wissen darüber, wie es war, ein Wesen an seiner Seite zu haben, welches das Dasein in einer Selbstverständlichkeit zu nehmen vermochte, die seinesgleichen suchte, war ihm zwischenzeitlich ganz abhanden gekommen.

Er betrachtete Erna, die eifrig neben ihm hertrippelte und hin und wieder einen Blick zu ihm hochwarf, in dem immer noch ein gewisses Misstrauen mitschwang.

Von Lotti wusste er, dass es im Leben der kleinen Hündin einige Begegnungen mit Menschen gegeben haben musste, die nicht ganz so erfreulich gewesen sein konnten. Wer mochte es ihr also verübeln, dass sie jetzt ihre Zeit brauchte, um überhaupt Vertrauen, das dem Hundewesen doch eigentlich so eigen war, zu einem dieser großen Zweibeiner fassen zu können.

An der knorrigen Parkbank angekommen, machte Jakob Halt und sah auf das Feld hinaus, auf dem die gefrorenen Gräser silbrig in der gleißend hellen Mittagssonne glitzerten. Ein paar Krähen pickten im harten Boden nach Essbarem.

Erna hatte unterdessen etwas Interessantes neben der Bank entdeckt, das für ihre Hundenase furchtbar gut zu riechen schien, und wälzte sich mit Inbrunst darin, während ihre dünnen Beine in der Luft herumstakten.

Offenbar zufrieden mit ihrer neuen Parfümierung kam sie wieder zum Stehen und schaute Jakob auffordernd an.

»Na, wollen wir zurückgehen?«, fragte er.

»Wuff«, antwortete Erna und trabte fröhlich voran, sodass ihr Begleiter die Leine etwas fester greifen musste, damit sich Lottis Missgeschick vom Morgen nicht wiederholte.

»Warte, nicht so schnell! Ein alter Mann ist doch kein D-Zug!«, rief Jakob aus, und sein sonores Lachen schallte im Chor mit dem fröhlichen Bellen der Hündin durch den friedlich daliegenden Park.

Kurz vor der Seniorenresidenz ließ Jakob Erna wieder in ihre Tasche krabbeln und deckte ein breites Halstuch darüber, das er vorsorglich aus Lottis Zimmer mitgenommen hatte.

Bester Laune schritt er über den Vorplatz und die Terrassen der Bewohnerzimmer, als sich neben ihm eine der Glastüren öffnete.

»Herr Michalski, das ist aber ein seltener Anblick, *Sie* bei einem Winterspaziergang!«, quäkte Frau Wesselhausen mit ihrer markant hohen Stimme. »Sonst sieht man Sie doch nur bei höheren Temperaturen hier draußen.«

»Ein wenig Bewegung vor den Weihnachtsfeiertagen ist sicherlich nicht das Verkehrteste«, antwortete Jakob gereizt und ging zügig weiter, bis er seine Erzfeindin hinter sich geifern hörte: »Und Frau Lorenzens Tasche tragen Sie ja auch wieder mit sich herum!«

Langsam drehte sich Jakob zu der Dame im pinkfarbenen Hausmantel um, die ihm bis auf einen halben Meter auf die Pelle gerückt war. Er blickte in ihr stark geschminktes Gesicht, auf dem sich das Make-Up in tiefen Runzeln sammelte, sodass es wie eine flussdurchzogene Steppenlandschaft wirkte. Fast erwartete er, sie vor lauter Neugierde sabbern zu sehen.

»Und was geht Sie das an?«, fragte er barsch.

Statt einer Antwort rümpfte die Wesselhausen angeekelt ihre spitze Nase, wies mit einer Hand auf Ernas Versteck und keuchte, während sie sich theatralisch mit der anderen Hand Luft zuwedelte: »Transportieren Sie etwa Harzer Käse darin?«

»Liebe Frau Wesselhausen!« Jakob legte eine bedeutsame Pause ein, runzelte die Stirn und schaute seinem penetranten Gegenüber eindringlich in die Augen. »Erstens schleppe ich, wie es ausschaut, tatsächlich *mal wieder* die Tasche von Frau Lorenz mit mir herum.

Zweitens rieche ich nichts, und wenn Sie Ihren Gesichtserker nicht ständig in anderer Leute Angelegenheiten stecken würden, blieben vermutlich auch Sie von manch einem üblen Geruch verschont. Sind Sie womöglich eifersüchtig und möchten, dass ich Ihre Tasche auch mal herumtrage?«

Frau Wesselhausen starrte Jakob einen Moment lang entgeistert an und schien irritiert die Ernsthaftigkeit seines Angebots zu erwägen.

Dieser setzte noch einen obendrauf und ergänzte: »Ich nehme dafür fünf Euro die Stunde.«

Als der Groschen endlich fiel, schürzte die alte Dame die Lippen und quetschte ein kühles »Nein danke, nicht nötig!« hervor. Dann stakste sie in ihren paillettenbestickten Pantoffeln wieder in ihr Zimmer zurück und ließ die Terrassentür geräuschvoll hinter sich zufallen.

»Alte Gewitterziege!«, knurrte Jakob. Er war heilfroh, dass Erna während dieser unerfreulichen Konversation ruhig geblieben war.

Im Zimmer angekommen, musste er allerdings selber zugeben, dass es aus der Tasche verdächtig müffelte.

»Puh, Erna, was hast du dir da bloß angelegt? Eau de Fuchs? Oder war es der Duft einer Wildsau!« Behutsam zog er die Hündin aus der Tasche.

Diese schien über ihr strenges Aroma nicht annähernd so berührt wie ihre zweibeinige Gesellschaft.

»Ich denke, wir verpassen dir jetzt erst einmal ein Bad, damit Madame Lotti nicht gleich wieder etwas zu mosern hat, wenn sie zurückkommt«, sagte Jakob und trug die widerstrebend zappelnde Erna Richtung Nasszelle.

Was war das bloß? Lotti blinzelte in die Dunkelheit. Da, schon wieder! Ein Lichtkegel huschte über die Wand gegenüber des Fensters, um gleich darauf im Nichts zu verschwinden.

Vielleicht eine der Pflegerinnen, die sich trotz des winterlichen Glatteises auf ihrem Drahtesel zur Arbeit gewagt hatte und jetzt ihre Schicht antrat. In der Finsternis musste man wohl oder übel die Fahrradbeleuchtung anmachen. Ja, das würde es wohl sein.

Erna hatte ihren warmen Körper an Lotti gekuschelt und schnarchte friedlich unter der Bettdecke. Gerade wollte auch die alte Dame ihre Augen wieder schließen und sich auf die andere Seite drehen, da hörte sie ein Klirren. Irgend etwas Metallenes schien draußen auf den Steinboden gefallen zu sein.

Sollte sie aufstehen und nachsehen? Vielleicht brauchte jemand Hilfe. Lotti setzte sich auf und lauschte.

Die weißen Vorhänge vor ihrem großen Fenster leuchteten unheimlich. Ein unförmiger Schatten irrte durch das Schummerlicht und ließ vor Lottis geistigem Auge kindliche Bilder von Spukgestalten und Kobolden aufsteigen.

»Sei nicht albern, Lotti, es gibt keine Gespenster«, flüsterte sie und setzte sich Erna, die inzwischen ebenfalls wach und unter der Decke hervorgekrochen war, auf den Schoß.

»Böse Geister gibt es nämlich nur im Märchen«, fuhr sie an Erna gewandt fort, die aber ohnehin für sich beschlossen hatte, dass dieses Ereignis der Aufregung nicht wert war und Anstalten machte, sich gemütlich auf Lottis Schoß einzurollen.

»Dich bringe ich jetzt in Sicherheit und

danach schaue ich draußen nach dem Rechten«, unterbrach Lotti das Vorhaben der Hündin, setzte sie in ihre Tasche und tastete sich vorsichtig durch das halbdunkle Zimmer zum Bad vor.

Als sie Erna samt Unterschlupf dort abgesetzt und die Tür verschlossen hatte, warf sie sich ihren Morgenrock über, stieg in ihre Puschen und näherte sich langsam der Terrassentür. Ein weiteres Scheppern, gefolgt von einem Rumpeln, ließ sie in der Bewegung innehalten.

Und was, wenn das nun ein Einbrecher war? Sie sollte wohl doch lieber jemanden aus der Verwaltung rufen. Aber nein, dann würde der diensthabende Pfleger bestimmt in ihr Zimmer kommen und womöglich Erna entdecken.

Direkt auf dem Beistelltischen neben der Tür stand die schwere Bunzlauer Vase, die sich Lotti vor vielen Jahren in einem gemeinsamen Urlaub mit ihrem verstorbenen Mann gegönnt hatte. Ja, die dürfte für eine wirkungsvolle Verteidigung genau richtig sein. Nur für den Fall der Fälle, denn eigentlich wäre es schade um das gute Stück.

Beherzt griff die alte Dame nach dem Henkel des Keramikgefäßes, öffnete die Terrassentür, machte einen großen Schritt in die kalte Winterluft und … stand der wohl grässlichsten Fratze gegenüber, die sie jemals gesehen hatte.

Dunkle Ringe umschatteten funkelnde Augen, die nahezu aus einer durchfurchten Visage herauszustechen schienen. Der Kopf des furchterregenden Wesens, das da auf allen Vieren auf der Erde kauerte und zum Sprung ansetzte, war von dichtem Fell umrandet.

War das vielleicht ein Albtraum? Sei es drum! Todesmutig hob Lotti die Vase, so hoch sie konnte, als plötzlich die Halogenstrahler am Hauptgebäude aufflammten und den Vorplatz in grelles Licht tauchten.

Dem aus der Eingangstür tretenden Pfleger bot sich ein durchaus merkwürdiges Bild. Da stand eine Frau Lorenz im Morgenmantel und in Hausschuhen, in den Händen über ihrem Kopf ein großes Steingutgefäß, das angesichts seines beträchtlichen Gewichts gefährlich vor- und zurückschwankte.

Ihre Miene verriet eine wilde Mischung aus Panik und grimmiger Entschlossenheit, die, allem Anschein nach, einer vor ihr auf dem Steinboden hockenden Gestalt galt, welche sich beim zweiten Hinsehen als Frau Wesselhausen entpuppte.

In einen Pelzmantel gehüllt, auf dem Kopf eine puschelige Fellmütze, stützte sich diese mit beiden Händen auf dem Betonboden ab. In ihrem Mantelkragen steckte eine Taschenlampe, deren Lichtstrahl ihr Gesicht in eine schaurige Maske verwandelte. Ein paar Meter entfernt lag ein messingfarbener Spazierstock, der seiner Besitzerin offenbar abhanden gekommen war.

»Sie!?«, rief Lotti entgeistert aus, als sie in dem vermeintlichen Monster ihre Zimmernachbarin erkannte.

»Hallo, meine Damen«, setzte der Pfleger an, unsicher, ob ihn die skurrile Szene eher belustigen oder ängstigen sollte, »meinen Sie nicht, dass es für eine Theateraufführung im Freien noch etwas zu früh am Tag und außerdem viel zu kalt ist?«

Die beiden vermeintlichen Akteurinnen wandten sich ihm langsam zu, als würden sie gerade aus einer Trance erwachen.

Der Pfleger eilte Frau Wesselhausen zur Hilfe, die umständlich versuchte, wieder auf die Beine zu kommen und bemühte sich gleichzeitig, Lottis Tonvase auf sicheren Boden zu schaffen, wo sie keinen allzu großen Schaden anrichten konnte.

»Sie haben mich fast zu Tode erschreckt!«, fuhr Lotti Frau Wesselhausen an, die sich jetzt an den Arm des jungen Mannes klammerte.

»Ich?«, keifte Frau Wesselhausen zurück, wies mit spitzem Zeigefinger auf Lotti und richtete aufgebracht das Wort an ihren Helfer.

»Frau Lorenz wollte mich angreifen und mit der Vase erschlagen, jawohl! Die Verbrecherin, die! Das hat man nun davon, wenn man extra früh aufsteht, um die Bewohner dieses Hauses vor den hier herumstreunenden wilden Tieren zu retten. Darum kümmert sich außer mir ja sonst niemand!« Hektisch zerrte sie die Taschenlampe aus ihrem Kragen und hielt sie dem Pfleger anklagend unter die Nase. »Und die hier wäre dabei auch noch fast kaputt gegangen, als ich auf den glatten Steinen ausgeglitten bin und sie mir aus der Hand gerutscht ist. Wird denn hier gar nicht gestreut?«

»Nun, mitten in der Nacht wohl eher nicht«, antwortete der Pfleger ruhig und schob die weiter vor sich hin zeternde Frau Wesselhausen behutsam Richtung Terrassentür, wobei er Lotti, die immer noch völlig verdattert dastand, einen beschwichtigenden Blick zuwarf. »Ich denke, wenn wir wieder im Warmen sind, bringe ich Ihnen beiden erst einmal einen schönen heißen Tee zur Beruhigung. Und Sie, Frau Wesselhausen, erzählen mir, welchen Tieren Sie auf die Schliche kommen wollten.«

»Danke, für mich nicht«, antwortete Lotti, »ich werde mich noch ein bisschen schlafen legen, nachdem die Gefahr ja nun offensichtlich gebannt ist.« Entschieden nahm sie ihre Vase und machte sich auf den Weg in ihr Zimmer.

»Hier erlebste was, da kannste dir glatt das Geld fürs Kino sparen«, grinste der Pfleger vor sich hin, als er Frau Wesselhausen ins Haus gebracht hatte und noch einmal zurückkam, um ihren Spazierstock nachzuholen.

»Den Blick des jungen Mannes hättest du sehen müssen«, berichtete Lotti dem aufmerksam zuhörenden Jakob, als sie am folgenden Abend gemeinsam die Weihnachtsgeschenke für ihre Freunde und Lottis Familie einpackten.

»Der hat bestimmt gedacht, wir wären nicht mehr ganz klar im Dachstübchen. Die Wesselhausen sah aber auch wirklich gruselig aus mit der leuchtenden Taschenlampe unter ihrem Kinn!« Lotti schnitt eine düstere Grimasse und brachte Jakob damit zum Lachen.

»Kaum lässt man euch Weibsbilder mal unbeaufsichtigt, wimmelt es hier vor Einbrechern und Ungeheuern«, sagte er belustigt. »Aber mal ernsthaft, vielleicht solltest du das nächste Mal lieber bei der Nachtwache anrufen, wenn einer ums Haus schleicht, anstatt dich selber in Gefahr zu begeben. Schließlich könnte es ja tatsächlich mal jemand mit weniger guten Absichten sein.«

»Du hast ja recht, das war unbedacht von mir«, gestand Lotti ein.

»Oder aus Erna, dem Marderhund, wird doch noch eine riesige Bestie, welche die Wesselhausen glaubt, verscheuchen zu müssen«, fügte Jakob scherzhaft hinzu. »Die Frau ist wirklich unglaublich!«

Lotti kicherte.

Im Radio spielte gerade *Stille Nacht*. Jakob hielt beim Einpacken inne und stand auf, um die Musik ein wenig lauter zu drehen. Eine Weile lang lauschte er mit schräg gelegtem Kopf.

»Das war Maries liebstes Weihnachtslied«, sagte er, und eine Träne stahl sich in seinen Augenwinkel. Es würde das erste Weihnachtsfest ohne seine Ehefrau sein, das wurde ihm in diesem Moment sehr schmerzlich bewusst.

Marie hatte das Talent besessen, die Feiertage zu einem zauberhaften Ereignis werden zu lassen. Meistens waren sie über Weihnachten in die Berge gefahren. Nur sie zwei.

Ihre Ehe war kinderlos geblieben, und trotzdem hatte Marie an den Adventswochenenden stets eine ganze Wagenladung Kekse gebacken und diese, in kleine Glitzertüten verpackt, an Arbeitskollegen und Bekannte verschenkt. Die Wohnung war von ihr alle Jahre wieder in ein wahres Weihnachtsmuseum verwandelt worden, während sie mit fröhlicher Stimme die festlichen Lieder aus der Stereoanlage mitsang.

Jakob war das ganze Spektakel rund um die Festtage damals oft zu viel gewesen. Jetzt merkte er, wie lieb ihm diese vertrauten Rituale ganz unbewusst wohl doch geworden waren, denn er vermisste sie plötzlich furchtbar.

Lotti, die ihren Freund beobachtete, ahnte, was in ihm vorging, hatte doch auch sie vor einigen Jahren ihren geliebten Mann verloren.

»Das Leben heilt alle Wunden«, hieß es. Im Grunde genommen stimmte das zwar: Bei den meisten Menschen würde sich die offene Wunde früher oder später tatsächlich schließen. Zurück blieb aber immer eine Narbe, beim einen mehr, beim anderen weniger sichtbar. Und die schmerzte beizeiten. Besonders, wenn man sich der Vergänglichkeit bewusst wurde, sich an das unwiderruflich Verlorene erinnerte, riss es darin mitunter ganz gewaltig.

Im Gegensatz zu Jakob waren Lotti nach Gustavs Tod noch ihre Kinder und Enkel geblieben, die sie beim alljährlichen Treffen am ersten Weihnachtstag sehen würde. Seit Lottis Umzug in die Residenz war diese schöne Tradition vom ehemaligen Elternhaus zu Regine verlegt worden.

Lotti freute sich darauf, ihre Tochter, die drei Söhne, Schwiegertöchter und die Enkel zu sehen, gab es doch wegen der Schule und Arbeit und langer Fahrzeiten ansonsten kaum eine Gelegenheit, alle auf einmal beisammen zu haben.

Miteinander bei gutem Essen am festlich gedeckten Tisch zu sitzen, die leuchtenden Augen der Enkelkinder, wenn sie ihre Geschenke auspackten, Gespräche über Vergangenes und Gegenwärtiges: Fast fühlte es sich an wie in alten Tagen, als sie noch unter einem Dach gewohnt hatten. Aber eben nur fast, denn Gustav fehlte.

Als Jakob wieder an den Tisch zurückgekehrt war, auf dem sich Geschenkpapier und bunte Schleifen stapelten, schaute Lotti ihn schweigend an. Wie so viele Männer war auch er nicht besonders redselig, wenn es um das Mitteilen von Gefühlen ging. Es war ihm einfach unangenehm.

Lotti akzeptierte das, und darum sagte sie leise: »Vielleicht solltest du ihr mal wieder schreiben.«

Jakob lächelte kurz und nickte. Erna, die auf dem Teppich gerade mit einem gekräuselten Geschenkband beschäftigt war, schaute zu dem alten Mann hoch. Die Hündin schien seine Trauer zu spüren.

Sie holte Anlauf und sprang wie ein Flummi auf seinen Schoß. Dann streckte sie sich, so lang sie konnte, legte die Vorderpfötchen links und rechts auf seine Schultern und schlabberte ihm mit ihrer kleinen Zunge kreuz und quer über die Nase.

Jakob, völlig überrumpelt von diesem feuchtfröhlichen Angriff, versuchte vergeblich, sich ihrer nassen Schnauze zu erwehren.

»Wer wird denn einen alten Mann so mit Küssen überfallen?«, rief er und spürte dabei, wie ihn Ernas Ausgelassenheit aus der melancholischen Stimmung riss. »Lasst uns mal lieber weiter die Geschenke einpacken, sonst beginnt Weihnachten noch ohne uns!«

Erna, offenbar zufrieden mit dem Ergebnis ihrer Tröstungsattacke, hopste zurück auf den Boden und jagte vergnügt einem Ball aus zerknülltem Geschenkpapier nach.

Lotti beobachtete die Kleine und staunte darüber, wie groß die Gabe eines so winzigen

Geschöpfes sein konnte, sich auf die Stimmung einer Person einzulassen und diese zum Positiven zu wenden. Ganz einfach so, ohne eine Gegenleistung einzufordern.

»Wie schön wäre es«, dachte sie, »würde dieses Talent ebenso selbstverständlich dem Menschen zu eigen sein.«

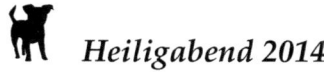 *Heiligabend 2014*

»Meinst du, wir können es wagen, Erna während der Weihnachtsfeier alleine im Zimmer zu lassen?«, wandte sich Lotti, mit einem zweifelnden Blick auf die kleine Hündin, an Jakob.

Erna lag auf Jakobs Sessel und schaute ihre beiden Beschützer an, als könne sie kein Wässerchen trüben.

»Na, du siehst doch, dass sie sich wohlfühlt, und bellen tut sie auch nicht mehr«, meinte Jakob unbekümmert, während er sich vor dem Wandspiegel die braun-grün karierte Krawatte band.

In der Ecke des Raumes stapelten sich die gestern eingepackten Geschenke. Sie hatten sie wohlweislich in Jakobs Zimmer gebracht, da Regine am Vormittag Dienst gehabt hatte und Lotti nicht wollte, dass sie die Päckchen schon vor der Bescherung am ersten Weihnachtstag sah.

Das war zwar etwas albern, gestand sich die alte Dame ein, aber Kinder blieben eben Kinder, auch dann, wenn sie erwachsen waren. Und an Weihnachten wurden diese eben überrascht.

Lotti hatte zur Feier des Tages einen mintfarbenen Zweiteiler aus dem Schrank geholt und schaute, wie Jakob, als er sich zu ihr umdrehte, mit Wohlwollen bemerkte, richtig schick aus im knielangen Trachtenrock und kurzen Jäckchen über der weißen Bluse.

»Ihr Erscheinungsbild ist heute höchst liebreizend, gnädige Frau«, schäkerte er und hielt ihr betont galant den Arm hin. »Würden Sie mir die Ehre geben, mit mir zu dinieren?«

Trotz seines scherzhaften Tonfalls hörte Lotti die Anerkennung heraus, und da ihr

Freund ansonsten mit Lob nicht gerade um sich schmiss, freute sie sich über das seltene Kompliment.

»Wenn Sie so nett fragen, mein Herr«, stieg sie in Jakobs Tändelei ein, »werde ich Sie natürlich gerne zur Feier begleiten.«

Als sie sich gerade bei ihm einhaken wollte, fiel ihr noch etwas ein.

»Halt mal, wir sollten Erna noch einen von den Kauknochen geben, die ich gestern mitgebracht hatte. Dann hat sie etwas zu tun, während wir weg sind.«

Mit einem Hüftschwung, der weniger kokett als ungraziös wirkte, ging Jakob am Tisch vorbei zur Kommode, holte den erbetenen Knochen aus der Schublade und legte ihn vor Ernas Nase auf den Sessel.

»So, mein Fräulein, nun sollten auch Sie zufrieden gestellt sein«, sagte er zu der Hündin, die ihn anblickte, als verstünde sie genau die

Bedeutung seiner Worte. Glücklich über das unerwarteten Leckerchen machte sie sich sofort daran, knarzend auf dem Stück trockener Rinderhaut herumzunagen.

»Können wir jetzt?«, fragte er Lotti mit der Andeutung einer Verbeugung.

Diese nickte und hängte sich endlich bei ihm ein.

»Dann mal rein ins Vergnügen!«, sagte Jakob beschwingt und schritt mit seiner Begleiterin aus dem Zimmer und durch die Flure der Residenz in Richtung Festsaal.

❊❊❊❊❊❊❊❊❊❊

Schon von weitem schallte den beiden Weihnachtsmusik entgegen. Zur Feier des Tages war extra ein Discjockey engagiert worden.

Nach dem Abendessen sollte ein Gospelchor singen und eine Geschichtenerzählerin auftreten.

Als Lotti und Jakob den Speisesaal erreichten, waren schon fast alle Bewohner an den mit Goldsternen, Kerzen und hübschen Servietten geschmückten Tischen versammelt, die heute zu langen Reihen zusammengerückt worden waren.

Den Glanzpunkt des Saales bildete ein großer Weihnachtsbaum, der von Kindern des naheliegenden Hortes mit Basteleien geschmückt worden war. Elektrische Kerzen funkelten zwischen goldenen Nüssen, Tannenzapfen-Nikoläusen und Foliengirlanden.

Der Schmuck erinnerte Lotti an jenen, den sie vor vielen Jahren mit ihren eigenen Sprösslingen gebastelt hatte, als diese noch klein gewesen waren und an den Weihnachtsmann geglaubt hatten. Wie lang war das nun schon her! Damals hatten noch Wachskerzen am Baum gesteckt und gemeinsam mit dem Tannengrün diesen unvergleichlich heimeligen und Freude verheißenden Duft verströmt.

Auf die echten Kerzen hatte ihr geliebter Gustav selbst dann noch bestanden, als strombetriebene Lichterketten in anderen Haushalten längst Standard gewesen waren.

Wie seltsam es sich mit der Zeitwahrnehmung doch mitunter verhielt. Grad kam es ihr vor, als wäre es gestern gewesen, dass sie und ihr Gemahl mit den Kindern aus der Kirche heimgekommen waren und Peter, der jüngste Spross der Familie, zum ersten Mal die Türklinke zur Weihnachtsstube herunterdrücken durfte.

Ganz aufgeregt war er gewesen. Hinter ihm hatten die drei größeren Geschwister ungeduldig und voller Erwartung mit den Füßen geschart. Und dann der Augenblick, als sich endlich die Tür geöffnet hatte!

Diese Erinnerung wirkte so zum Greifen

nahe, das Bild vor Lottis innerem Auge so klar und unverblichen, als vermochte allein der Gedanke daran das Geschehene in die Gegenwart zu holen.

Sobald sie aber darüber nachsann, was zwischen jenem weit zurückliegenden Weihnachtsfest und diesem – im Hier und Jetzt – alles geschehen war, wie viele Tannen inzwischen grün und duftend ins Wohnzimmer gestellt worden waren, um dann im Januar nadelnd wieder entsorgt zu werden, wie viele Kekse gebacken, Geschenke ausgepackt und Lieder gesungen worden waren oder welche Veränderungen in der Familie stattgefunden hatten, schien sich der Bogen zwischen dem Gestern und dem Heute bis ins Unendliche zu dehnen.

Jakob, der sich offenbar vorgenommen hatte, ausnahmsweise einmal besonders zuvorkommend zu sein, rückte Lotti einen freien

Stuhl zurecht, damit sie sich setzen konnte.

»Vielleicht hegt er ja die Hoffnung, dass der Weihnachtsmann in diesem Jahr besonders fleißig ist, wenn er sich auf den letzten Drücker doch noch mal höflich verhält«, dachte Lotti amüsiert und bedankte sich bei ihrem Tischherren für dessen Aufmerksamkeit.

Das Festessen, das man ihnen bald darauf servierte, Entenbraten mit Rotkohl und Kartoffelknödeln, duftete köstlich.

Lotti beobachtete, wie Jakob, nachdem er ein wenig gegessen hatte, ein Stück seines Fleisches am Tellerrand deponierte.

»Schmeckt es dir nicht?«, fragte sie verwundert. Mäkeleien war sie ja von ihm gewohnt, aber bei so einem feinen Mahl sollte selbst er nichts auszusetzen haben.

»Doch, doch, es schmeckt vorzüglich, aber schließlich ist ja nicht nur für die Menschen

Weihnachten. Unser Schützling soll doch auch etwas davon haben!«

»Sieh mal einer an!«, sagte Lotti. Da hatte dieses kleine Wesen doch wirklich das Herz des alten Griesgrams erweicht. Das war auch gut so, denn gestern hatte Mathilde ihr mitgeteilt, dass sie über die Feiertage noch im Krankenhaus bleiben müsse und im Anschluss in eine Rehabilitations-Klinik geschickt werden würde. Es ging ihr zwar schon besser als direkt nach ihrem Schlaganfall, aber eine Sprachstörung und die Gangunsicherheit waren geblieben. Auch nach der Reha würde sie wahrscheinlich noch für einige Zeit eine unterstützende Pflege benötigen.

Also mussten sie Erna mindestens bis zur Rückkehr von Tildas Nichte in der Residenz verstecken. Dabei würde Jakobs freiwillige Hilfe natürlich eine große Entlastung für Lotti sein.

Während diese noch über die kommenden Wochen nachgrübelte, nahm Jakob seine Serviette und wickelte die für Erna zurückbehaltenen Schätze darin ein. Unauffällig ließ er das Päckchen in seiner Anzugtasche verschwinden.

»Ich gehe dann mal eben«, sagte er leise zu Lotti, »bin gleich wieder da!«

Die alte Dame zwinkerte ihm zur Antwort zu und freute sich über sein Mitgefühl gegenüber der kleinen Hündin.

Als er sich durch die Tischreihen schlängelte, griff jemand nach Jakobs Jackenärmel und hielt ihn fest. Er schaute nach unten und sah, wen wohl auch sonst, Frau Wesselhausen, die hämisch zu ihm hochblickte. Unter ihrem Festtagshütchen war sie im Vorbeigehen nicht für ihn erkennbar gewesen.

»Da sieh mal einer an, der Herr Michalski! Haben wir etwa Angst, dass es morgen nichts mehr zu essen gibt, oder was tragen wir da in unserer Anzugtasche spazieren?«

Brüsk riss Jakob sich los. »Ich wüsste nicht, was Sie das angeht!«, schnauzte er wütend und verschwand aus dem Saal, so schnell er konnte.

Lotti hatte von der kleinen Auseinandersetzung nichts mitbekommen, sie beobachtete gerade die Sänger des Gospelchores die sich für ihren Auftritt in zwei Reihen hintereinander auf der Bühne aufstellten und ihre Mappen aufschlugen.

Etwas später, als der Chor »Go Tell It On A Mountain« zum Besten gab, sah Lotti ihren Freund zurück in den Festsaal kommen.

»Na, hat sich Erna gefreut?«, fragte sie ihn, als er sich setzte und mit einem Nicken in

Richtung Chor gequält das Gesicht verzog.

»Immer diese neumodische Musik!«, lamentierte er zunächst, statt einer Antwort.

Nach einer kurzen Weile schien er sich Lottis Frage doch noch zu erinnern und frohlockte: »Aber natürlich hat sie sich gefreut! Sie hat das Fleischstück förmlich eingeatmet. Ich glaube, ich habe jetzt einen Stein bei ihr im Brett.«

Zufrieden mit dem Ergebnis seiner guten Tat und Lottis anerkennendem Blick richtete Jakob seine Aufmerksamkeit wieder auf die Musik, welche, wie seine Freundin ihm erklärte, gar nicht mal so neumodisch sein sollte.

Gerade begann er sogar ein wenig mit dem Fuß mitzuwippen, als plötzlich im Flur ein Tumult ausbrach, der selbst die Sänger und das Mitklatschen der Zuhörer übertönte.

Die Köpfe der Bewohner drehten sich Richtung Saaleingang, vor dem sich hysterische

Rufe und ein helles Bellen abwechselten. Alarmiert sprangen Lotti und Jakob gleichzeitig von ihren Sitzen auf.

Durch die große Tür jagte ein pelziges Etwas mit einer Strippe Paketband um den Hals, an dem noch das Geschenkpapier klebte, das wiederum wie ein sternenbedruckter Umhang hinterherwehte. Eine schiefsitzende goldene Schleife über dem rechten Ohr des Tierchens komplettierte das ulkige Gesamtkunstwerk.

In stürmischer Begeisterung rannte das kleine Bündel Freude direkt auf die beiden alten Leute zu, die insgeheim dafür beteten, von jetzt auf gleich in einem Mauseloch verschwinden zu dürfen.

Dem laut kläffenden Wesen folgte eine »Hundchen, Hundchen!« rufende und ihren Spazierstock schwenkende Frau Wesselhausen, die auf einmal erstaunlich flink auf den Beinen war.

Die Hündin, unbeeindruckt von den Rufen ihrer Verfolgerin, schlug unvermittelt einen Haken um Lotti und Jakob herum, sprintete zur Bühne, baute sich in ihrer vollen Winzigkeit direkt vor dem Chor auf und stieg mit einem herzzerreißenden Jaulen in dessen Darbietung ein.

»Erna, wirst du wohl herkommen!« Lotti stieß ihren Stuhl zurück und eilte mit glühenden Wangen zu ihrem Schützling.

Jetzt war es eh zu spät für ein weiteres Versteckspiel. Die Katze war aus dem Sack. Oder der Hund, genauer gesagt.

»Wusste ich es doch«, plärrte Frau Wesselhausens Stimme durch den Saal, »dass diese beiden feinen Herrschaften etwas im Schilde führen!«

»Überhaupt nichts wissen Sie, Sie selbstgefällige Giftnatter!«, polterte Jakob zurück, dem der Hals seinen engen Hemdkragen zu sprengen drohte. »Und überhaupt, hören Sie gefälligst auf, mit dem Gehstock in der Luft herumzuwedeln, wenn sie nicht vorhaben, die Sänger damit zu dirigieren!«

Im Saal wurde es mucksmäuschenstill, der Chor hörte auf zu singen und alle Anwesenden verfolgten gebannt die unverhoffte Unterhaltungseinlage.

Lotti hatte Erna auf den Arm genommen und drückte sie schützend an sich, während sie nebenbei versuchte, Jakob beizustehen und die Hündin von ihrem eigenartigen Schmuck zu befreien.

Die diensthabende Pflegerin, von den Bewohnern liebevoll Schwester Ilse genannt, näherte sich dem erzürnt aufeinander einredenden Trio und versuchte, Frieden zu stiften.

»Jetzt wollen wir uns doch erst einmal beruhigen, nicht wahr?«, sagte Schwester Ilse, derweil sie vorsichtig Frau Wesselhausens immer noch drohend in der Luft schwebenden Stock herunterdrückte.

»Es ist sicherlich am besten, wenn wir zusammen ins Verwaltungszimmer gehen und Sie mir erklären, was hier eigentlich los ist.«

Die Pflegerin gab dem Chor einen Wink, mit der Vorstellung fortzufahren und schritt den Streithähnen voraus aus dem Saal.

Jakob und Lotti folgten ihr zerknirscht, derweil Frau Wesselhausen, sichtlich befriedigt vom erzielten Ergebnis ihrer Aktion, mit hochgerecktem Kinn hinterherstöckelte.

Im Verwaltungszimmer angekommen, bedeutete Schwester Ilse den Dreien, am Besprechungstisch Platz zu nehmen, und setzte sich ebenfalls.

»Dann schießen Sie mal los!«, sagte sie und blickte auffordernd in die Runde.

Lotti und Jakob schauten sich ratlos an. Zögernd begannen sie, die ganze Geschichte von Tildas Schlaganfall bis zum heutigen Zwischenfall im Saal zu erzählen.

Frau Wesselhausen, die anfangs noch überlegen gelächelt hatte, wurde zunehmend aufmerksam und ernst.

Als die beiden Freunde ihren Beichte abgelegt hatten und ein betretenes Schweigen eintrat, wirkte sie beinahe betroffen.

»Nun ja, mir kam in den letzten Tagen einiges komisch vor«, ergänzte sie Lottis und Jakobs Erzählung mit ihrem Teil der Geschichte. »Zunächst einmal fand ich, dass sich Herr Michalski sehr seltsam benahm, und auch Frau Lorenz verhielt sich irgendwie anders als sonst.«

Etwas verlegen fuhr sie fort: »Und dann war da die Sache mit dem herumstreunenden Tier, das nun offenbar doch nicht ganz so groß war, wie ich es in dem Moment wahrgenommen hatte.« Sie schaute zu Erna und zog beschämt die Unterlippe zwischen die Zähne. »Als ich heute schließlich beobachtete, wie Herr Michalski das Essen einsteckte und aus dem Festsaal ging, bin ich unauffällig hinterher. Er ist in seinem Zimmer verschwunden, und ich habe mich in der Nische im Flur versteckt, bis er wieder herauskam. Als er weg war, bin ich zur Zimmertür gegangen und habe gelauscht. Ich weiß auch nicht, was ich mir dabei gedacht habe, wollte einfach nur wissen, was da los ist.«

Frau Wesselhausen legte eine kurze Atempause ein, das Ganze war ihr merklich unangenehm. »Erst war es ganz still da drinnen, dann fing es an zu rumoren. Es hörte sich an, als ob etwas zerreißen würde, danach war da ein Rumpeln und am Ende dieses Winseln und Kläffen. Als wäre dort ein Tier gefangen und würde schrecklich leiden. Nun sind meine Ohren ja wirklich nicht mehr die besten, aber das war so laut, das konnte selbst ich hören. Woher sollte ich denn wissen, dass sich dort lediglich ein Hund damit vergnügte, das Papier von den Weihnachtsgeschenken zu pflücken?«

Lotti zog scharf die Luft ein und schaute hoch zur Zimmerdecke, als sie Frau Wesselhausens nächste Worte hörte.

»Herr Michalski hatte die Tür unverschlossen gelassen, und so dachte ich, ich gehe einfach mal rein und schaue nach dem Rechten. Die Kleine hat das alles wohl für ein Spiel gehalten und ist direktemente an mir vorbei aus dem Zimmer heraus und dorthin geflitzt, wo die Musik spielte.«

Frau Wesselhausen richtete nun das Wort an Jakob, der sich bereits unter Lottis strafenden Blicken wand: »In Ihrem Zimmer sieht es übrigens ziemlich wüst aus, guter Mann!«

»Du hast also deine Zimmertür nicht abgeschlossen!«, zischte Lotti durch die Zähne hindurch.

»Können wir uns darüber vielleicht ein andermal unterhalten?«, erwiderte Jakob und versuchte vergebens, seine verräterisch rotglühenden Ohren durch einen sachlichen Tonfall wett zu machen.

»Und was passiert jetzt mit Erna?«, fragte Lotti bange.

»Erna heißt du also?«, wandte sich Schwester Ilse freundlich an die kleine Hündin auf dem Schoß der alten Dame. »Ob Erna dauerhaft bleiben darf, kann ich leider nicht entscheiden, das muss unsere Verwaltungschefin tun, wenn sie nach den Feiertagen wieder da ist. Ich denke aber, dass es kein Problem darstellen wird, sie bis dahin hierzubehalten, sofern sie gut versorgt ist und niemanden stört. Wollten Sie nicht morgen zu Ihrer Familie fahren, Frau Lorenz?«

»Ja, meine Tochter holt mich ab, und ich bleibe dort auch über Nacht«, antwortete Lotti, »aber Herr Michalski wird sich so lange um Erna kümmern.«

»Ich kann mich darauf verlassen, dass die Hündin nicht wieder alleine gelassen wird oder Unfug anstellt?«, wandte sich Schwester Ilse mit gespielter Strenge an Jakob.

»Aber selbstverständlich!«, beteuerte dieser.

»Dann haben wir ja jetzt alles geklärt und können in den Saal zurückgehen, bevor wir noch die ganze schöne Feier verpassen.« Schwester Ilse erhob sich von ihrem Stuhl. »Erna nehmen Sie wohl am besten mit an Ihren Tisch, Frau Lorenz, dann kann sie auch noch ein bisschen mitfeiern.«

Dieser Aufforderung kam Lotti nur allzu gerne nach. Frau Wesselhausen, die nach dem

Ende ihres Berichtes kein Sterbenswörtchen mehr von sich gegeben hatte, verzog sich mit ein paar gemurmelten Abschiedsworten in ihr Zimmer und ließ sich den ganzen Abend nicht mehr blicken.

※※※※※※※※※※

Lotti war bereits von Regine und deren kleiner Tochter abgeholt worden und Jakob gerade von einem vormittäglichen Spaziergang mit Erna zurück, als es an seiner Zimmertür klopfte.

Wer mochte das sein? Eilig stellte er seine nassen Winterstiefel unter die Heizung und öffnete. Vor ihm stand, beide Hände auf den Knauf ihres Messingstocks gestützt, Frau Wesselhausen.

Erna hopste in freudiger Erwartung möglicher Streicheleinheiten hinter dem alten Herren auf und ab.

»Freu dich bloß nicht zu früh, Hund, du ahnst ja nicht, was uns jetzt erwartet«, dachte Jakob, als er sich nach dem aufgeregten Vierbeiner umschaute.

»Ich wollte Ihnen ein frohes Fest wünschen, Herr Michalski, und falls es Ihnen nicht lästig ist, möchte ich anbieten, mich auch mal um das Hündchen zu kümmern, wenn Sie meine Hilfe brauchen.«

»Herrschaften!«, dachte Jakob. Erlaubte sich da etwa jemand einen Scherz und hatte sich als Lottis Zimmernachbarin verkleidet?

Aber nein, das war unverkennbar die Wesselhausen. Echt und in all ihrer Farbenpracht.

»Oh, tatsächlich?«, stammelte er, immer noch gänzlich verunsichert. »Ja, dann … kommen Sie doch einfach mal rein.« Vertrackt, er wusste gar nicht, wie er mit dieser unerwarteten Situation umgehen sollte!

»Vielen Dank!«, erwiderte Frau Wesselhausen höflich, trat in den Raum und beugte sich zu Erna hinunter, die neugierig an den Fingern der alten Dame schnupperte.

»Da ist ein Stuhl«, sagte Jakob ein wenig hölzern und zeigte auf eines der Sitzmöbel an seinem kleinen Tisch.

Frau Wesselhausen setzte sich und bemerkte: »Wie ich sehe, haben Sie ja die Schäden des gestrigen Abends schon wieder beseitigt.«

»Ja«, sagte Jakob und ließ sich steif auf den Platz ihr gegenüber sinken, »das haben wir wohl.« Mit einem liebevoll tadelnden Blick zu Erna, die sich aufrecht vor das Tischchen gesetzt hatte und wie bei einem Tennisspiel von einem zum anderen schaute, fügte er hinzu: »Sie hat ja auch ganz schön gewütet, unsere Kleine!«

Mit Lotti gemeinsam hatte er gestern Abend noch eine gute Stunde dafür gebraucht, alle Geschenkpapierschnipsel wieder einzusammeln und die Pakete neu zu packen.

»Die kommen schon mal auf komische Ideen, wenn ihnen langweilig ist oder etwas zu sehr zum Dummheiten machen verlockt«, kicherte Frau Wesselhausen. Das war wohl das erste Mal, dass Jakob sie aufrichtig lächeln sah.

Die Freude auf Frau Wesselhausens Gesicht wich einem wehmütigen Ausdruck. »Wissen Sie, mein Mann und ich hatten früher auch Hunde. Wir haben einen kleinen Resthof besessen und Tiere aufgenommen, die sonst keiner mehr haben wollte. Jedenfalls finde ich es ganz großartig, dass Sie und Frau Lorenz sich um Erna kümmern und dafür sogar einen Rüffel in Kauf genommen haben.«

»Das ist doch Ehrensache!«, sagte Jakob würdevoll und winkte ab. »Auch ich hatte als Kind einen Dackel. Der hieß Kalle.«

Nach und nach kam das Gespräch zwischen den beiden ins Rollen. So erfuhr Jakob, dass Frau Wesselhausen schon sehr jung geheiratet hatte und zu ihrem Mann auf den Hof gezogen war. Ihre Liebe war durch die Geburt ihres Sohnes gekrönt worden. Das Schicksal hatte ihnen einige Jahre als glückliche Familie beschert, bis ihr Mann und ihr Sohn, der damals gerade mal 10 Jahre alt gewesen war, bei einem Autounfall ums Leben gekommen waren.

Alleine hatte Frau Wesselhausen, die während der gesamten Ehe die Haus- und Hofarbeit erledigt hatte, die finanzielle Last des Anwesens nicht mehr stemmen können. Am Ende hatte sie alles verloren und sogar ihre geliebten Tiere weggeben müssen.

Von Verzweiflung und Hoffnungslosigkeit zerfressen, war sie schließlich so schwer erkrankt, dass ein mehrmonatiger Klinikaufenthalt nötig geworden war. Eine liebe Freundin hatte Frau Wesselhausen nach deren Genesung bei sich aufgenommen und ihr eine Lehrstelle in ihrem Arbeitsbetrieb verschafft.

Von da an war die Arbeit zum Lebensmittelpunkt der jungen Witwe geworden, sie hatte geholfen, die lähmende Trauer zu verdrängen. Reiterstiefel waren durch Pumps, Overalls durch elegante Kostüme ersetzt worden.

Der Lehrbetrieb hatte ihren hervorragenden Abschluss letztendlich mit einer lukrativen Anstellung belohnt, und im Laufe der Jahre war es Frau Wesselhausen gelungen, die Karriereleiter zu erklimmen. Ihr Einkommen hatte ihr ein komfortables Leben ermöglicht.

Pausen, Urlaub und Stillstand waren ihr zuwider gewesen, Geschäftsessen mit oberflächlicher Konversation zur willkommenen Abwechslung geworden. Nur nicht nachdenken, nur nicht fühlen müssen, denn das hätte ihr neu errichtetes Kartenhaus erschüttert und womöglich zum Einsturz gebracht.

Geheiratet hatte sie nie wieder. Sie hätte ja gar nicht die Zeit für eine neue Ehe gehabt. Und nicht den Mut.

Betroffen lauschte Jakob den Erzählungen der alten Dame. Als sein Blick auf seine Armbanduhr fiel, stellte er erstaunt fest, dass es bereits auf 12 Uhr zuging. Zeit zum Mittagessen.

Bevor sie in den Speisesaal aufbrachen, machte Frau Wesselhausen einen überraschenden Vorschlag. »Wissen Sie was? Kommen Sie doch heute Nachmittag mit Erna zu mir herüber, und ich zeige Ihnen Fotos von meinen Hunden.« Erna, die ihren Namen gehört hatte, wedelte erwartungsvoll mit dem Schwanz.

Eigentlich hatte Jakob vorgehabt, den Tag bei einem guten Glas Wein vor dem Fernseher zu verbringen, aber dazu, beschloss er, war ja morgen auch noch Zeit. Schließlich verwandelte sich eine zickige Frau Wesselhausen nicht alle Tage in einen freundlichen Menschen. Auf jeden Fall würde er Lotti nach ihrem weihnachtlichen Ausflug viel zu berichten haben.

Frau Wesselhausens Zimmer glich, Jakobs Erwartungen entsprechend, einem überladenen Schmuckkästchen. Vor sich hinstarrende Porzellanpuppen gaben sich inmitten von Goldrahmen, Spitzendeckchen und allerhand Nippes ihr Stelldichein.

Hier waren sie also gebunkert, die Emotionen der Frau Wesselhausen. Statt im Inneren zu toben, thronten sie gut verschlossen hinter gläsernen Vitrinentüren. Anschauen erlaubt, berühren verboten!

In der Luft lag ein alles überdeckender Geruch nach Rosen und Lavendel.

Frau Wesselhausen bot Jakob pastellfarben glasierte Gebäckstücke an, die sie sorgsam auf feinem Geschirr drapiert hatte. Den französisch klingenden Namen der extrem süßen Nascherei konnte Jakob kaum aussprechen, geschweige denn, sich merken.

Während sie ihren Kaffee aus filigranen Tässchen schlürften, widmeten sie sich den Alben, die Frau Wesselhausens Ehejahre auf Fotopapier dokumentierten.

Was Jakob auf den brüchigen Schwarzweißfotos und ersten Farbaufnahmen zu sehen bekam, wollte so gar nicht zu dem Bild passen, das die alte Dame heute abgab.

Hochtoupierte Haare, lackierte Fingernägel oder Pomp waren dort nicht an ihr zu entdecken. Die vergilbten Fotos zeigten stattdessen ein typisches Landmädel, mal mit Mann und Kind am Strand eines Waldsees, dann wieder mit einem Reisigbesen in der Hand inmitten einer Schar von Hunden und Hühnern.

Allen Bildern gemeinsam war der glückliche und unbeschwerte Ausdruck auf dem hübschen Antlitz der jungen Frau.

Wie sehr der schlimme Verlust der Liebsten diesen einst so natürlichen Menschen verändert hatte. Das extravagante äußere Erscheinungsbild, welches Frau Wesselhausen jetzt zur Schau stellte, diente offenbar als Schutzwall, ihr überspanntes Auftreten dem Überspielen von Trauer und Einsamkeit.

»Porzellanpuppen und Teddys sterben einem eben nicht weg«, dachte Jakob, als er seinen Blick erneut über die Zimmereinrichtung schweifen ließ.

Er musste diesen Gedanken jedoch schlagartig revidieren, als er Erna auf Frau Wesselhausens Tagesdecke entdeckte. Diese hatte, sich der mangelnden Aufmerksamkeit der übrigen Anwesenden bewusst, still und heimlich einen gelben Plüschteddy vom Regal über dem Bett gemopst, diesen nach allen Regeln der Kunst in seine Einzelteile zerlegt und thronte nun in einer himmlisch weißen Wolke aus Füllwatte.

»Nein!«, kreischte Frau Wesselhausen, die Ernas Werk jetzt ebenfalls erblickt hatte, und sprang von ihrem Stuhl auf. »Nein, das darfst du nicht! Du ungezogener Hund, wie kannst du nur meinen armen Hermann kaputt machen!«

»Hermann?«, fragte Jakob begriffsstutzig.

»Brauchen Sie eine Brille, Herr Michalski? Sie hat mein Hermannchen über das ganze Bett verteilt!«

Erna, durch den Wutausbruch der eben noch so netten Frau erschreckt, verkroch sich zwischen den fliederfarbenen Brokatkissen und blickte Frau Wesselhausen ängstlich und mit zurück gelegten Ohren an. Als diese nun auch noch auf sie zu kam, begann sie wie Espenlaub zu zittern.

Die alte Dame hielt in der Bewegung inne und schien plötzlich von ihrer eigenen Reaktion entsetzt.

»Aber was mache ich denn?« Die Wut verschwand aus ihrem Gesicht. »Da kümmern wir uns überhaupt nicht um dich armes Dingelchen und wundern uns dann, wenn du dich selbst beschäftigst!« Betreten setzte sie sich auf die Bettkante und streichelte Erna über den Kopf.

»Nein, Sie haben schon recht, sie darf das nicht«, sagte Jakob, der Schwierigkeiten hatte, mit den wechselnden Stimmungslagen seiner Gastgeberin mitzuhalten.

»Aber darum muss die böse Tante ja nicht

gleich so laut werden, oder?«, sagte Frau Wesselhausen zu der Hündin, die sich langsam wieder zwischen den Kissen hervorwagte. »Ich bin wohl einfach nicht mehr an Besuch in meinem Allerheiligsten gewohnt. Mach dir mal keine Sorgen, Kleines, der Hermann war ja nur ein Stofftier.«

Während sich Erna behutsam vom Bett auf Frau Wesselhausens Schoß vortastete, kam diese noch einmal auf ihr Anliegen vom Vormittag zurück. »Meinen Sie denn, Herr Michalski, Sie könnten meine Hilfe bei der Betreuung dieser süßen Maus gebrauchen?«

Jakob schaute auf das komisch anmutende Zwiegespann, das da inmitten der Überreste von »Hermann« saß.

»Lotti, also Frau Lorenz, muss natürlich damit einverstanden sein, aber da Erna Sie ganz offensichtlich mag, wäre es sicherlich hilfreich, wenn Sie ab und zu auf sie aufpassen könnten.«

Frau Wesselhausen drückte die Hündin entzückt an sich und reichte Jakob die Hand.

»Ich heiße Berta, um mal von den Förmlichkeiten wegzukommen«, sagte sie, »wo wir doch jetzt so etwas Ähnliches wie Kollegen sind.«

Jakob schlug ein und verbeugte sich feierlich.

»Jakob, angenehm!«

Als Lotti am Abend des zweiten Weihnachtstages von Regine zurückkam, fühlte sie sich zu gerädert, um sich noch mit Jakob zusammen zu setzen und ausführlich über ihre Erlebnisse zu berichten.

Also klopfte sie mit dem Vorsatz an dessen Tür, nur schnell die Hündin abzuholen und sich dann, nach Ernas Pipirunde, schlafen zu legen.

»Da bist du ja wieder«, wurde sie von einem gut gelaunten Jakob begrüßt, während Erna sich vor lauter Wiedersehensfreude beinahe überschlug.

»Endlich wieder hier, aber erschöpft von dem ganzen Rummel«, antwortete Lotti, die alleine beim Gedanken an ihr warmes Bett gähnen musste. »Ich werde nur noch eben mit Erna rausgehen, dann reicht es mir für heute. Erzählen können wir ja morgen.«

»Ist recht, ruhe dich erst mal aus«, sagte Jakob gönnerhaft. »Du brauchst Erna auch morgen Früh nur kurz zum Gassigehen an Berta herauszugeben und kannst so richtig schön ausschlafen.«

»Berta?«, fragte Lotti. Hatte sie irgendetwas nicht mitbekommen?

»Na, Frau Wesselhausen!«, antwortete Jakob.

»Berta???«, wiederholte Lotti mit ungläubig aufgerissenen Augen und schaute ähnlich kariert aus der Wäsche wie Jakob gestern bei Teddy Hermann.

»Deine Zimmernachbarin heißt mit dem Vornamen Berta, und sie hat uns ihre Hilfe angeboten«, erwiderte Jakob und betonte dabei jedes einzelne Wort, als würde er einem kleinen Kind einen komplizierten Sachverhalt erläutern.

»Ach!«, sagte Lotti.

»Nicht nur du hattest ein ereignisreiches Weihnachtsfest«, stellte Jakob klar. »Wir haben morgen eine ganze Menge zu bereden.«

»Das glaube ich allerdings auch«, meinte Lotti immer noch ganz irritiert, nahm Erna hoch und wandte sich zum Gehen.

»Gute Nacht!«, rief Jakob seiner Freundin hinterher.

Lotti winkte geistesabwesend. Da war man mal kurz für zwei Tage unterwegs, und schon mutierten garstige Wesselhausens klammheimlich zu hilfsbereiten Bertas. Es konnte sich nur um einen Scherz handeln.

Zu müde, um weiter darüber nachzudenken, erledigte Lotti, was noch zu erledigen war und kroch anschließend, Erna an ihrer Seite, unter die Bettdecke.

Früh am nächsten Morgen klopfte es tatsächlich an Lottis Zimmertür. Frau Wesselhausen stand davor, dick eingepackt wie zu einer Polarexpedition.

»Guten Morgen, Frau Lorenz. Jakob hat mich gestern gefragt, ob ich mit Erna spazieren gehen würde, damit Sie sich heute noch ein bisschen ausruhen können.«

Lotti, im Flanellpyjama und mit Stricksocken an den Füßen, schaute ihrem vermummten Gegenüber schlaftrunken ins Gesicht. Es lächelte. Höchst unwahrscheinlich also, dass es sich hier wirklich um ihre griesgrämige Zimmernachbarin handelte. Sie träumte gewiss noch.

»Frau Wesselhausen?« Lotti musste sichergehen, dass sie Erna nicht einer fremden Person mitgab.

»Ja, hat Jakob Ihnen denn nicht Bescheid gesagt?«, erwiderte die Frau im Wintermantel.

»Doch, doch!«, antwortete Lotti schnell. »Ich bin wohl noch nicht ganz wach.«

Rasch zog sie Erna, die bereits putzmunter war, das Geschirr über, hakte die Leine ein und übergab sie an Frau Wesselhausen.

»Ich bringe die Kleine dann nach dem Spaziergang erst einmal zu Jakob, wenn Ihnen das recht ist, Frau Lorenz.«

»Hmhm«, murmelte Lotti nur und nickte. Irgend etwas Ungewöhnliches musste über die Feiertage in diesem Hause vor sich gegangen sein, das auf wundersame Weise exzentrische Menschen in wahre Engel verwandelte.

Es war wohl besser, gleich wieder ins Bett zu gehen und noch eine Mütze voll Schlaf zu nehmen. Nach dem Aufwachen würde sich dann bestimmt herausstellen, dass diese kleine Episode nur ein Traum gewesen und in Wirklichkeit alles beim Alten geblieben war.

Einige Stunden später wurde Lotti erneut von einem Klopfen geweckt. Ein kurzer Blick auf die Uhr ließ sie hochfahren. Bereits 10 Uhr vorbei! Das Wochenende im Kreise der Familie schien sie noch mehr mitgenommen zu haben, als sie gestern Abend gedacht hatte.

»Moment!«, rief sie, zupfte sich das Haarnetz vom Kopf, strich sich rasch über die Locken und warf den Morgenmantel über.

»Guten Morgen, Frau Lorenz!«, vernahm sie heute bereits zum zweiten Mal, nun aber von Schwester Ilse.

»Ich habe Sie doch hoffentlich nicht geweckt?«

»Entschuldigen Sie meine Aufmachung«, antwortete Lotti, der es furchtbar peinlich war, um diese Uhrzeit noch im Bademantel herumzulaufen, »ich habe total verschlafen.«

»Aber das macht doch nichts! Hatten Sie denn schöne Festtage bei der Familie?«

»Oh ja, es war wunderbar, aber eben auch etwas anstrengend.«

Schwester Ilse schaute kurz auf einen Terminkalender, den sie in der Hand hielt. »Ich komme wegen der kleinen Hündin. Frau

Schulz ist heute wieder im Hause und möchte Sie gerne um 11 Uhr in ihrem Büro sprechen, falls Sie da noch nichts anderes vorhaben.«

»Sicher«, sagte Lotti, der beim bloßen Gedanken an das bevorstehende Gespräch mit der Verwaltungschefin ganz mulmig wurde.

»Soll ich in der Küche Bescheid sagen, dass Ihnen noch jemand ein kleines Frühstück zurechtmacht?«, erkundigte sich die freundliche Pflegerin, bevor sie sich von Lotti verabschiedete.

Diese bejahte dankend, obwohl ihr gerade so gar nicht nach einer Mahlzeit zumute war.

❊❊❊❊❊❊

Die Verwaltungschefin blickte amüsiert auf das seltsame Dreiergespann, das ihr gegenüber vor dem großen weißen Schreibtisch saß.

Frau Lorenz suchte nun schon zum zweiten Mal, seitdem sie Platz genommen hatte, vergeblich nach etwas in den Tiefen ihrer Handtasche. Herr Michalski, der kurz nach ihr hereingekommen war, trug heute eine offiziell wirkende Krawatte über dem gestreiften Hemd und einen sehr geschäftlichen Ausdruck im Gesicht.

Am meisten beeindruckte sie jedoch Frau Wesselhausen, von der sie, als sie über deren Teilnahme an der Besprechung in Kenntnis gesetzt worden war, wohl alles Mögliche erwartet hatte, aber nicht das Erscheinungsbild, das sie hier und jetzt abgab. Das sonst für sie so typische Rüschenkleid war heute gegen eine robuste Baumwollbluse und eine Bundfaltenhose ausgetauscht worden.

Den verwunderten Blick der Verwaltungschefin bemerkend, erklärte Frau Wesselhausen entschuldigend: »Meine Aufmachung ist bitte nicht persönlich zu nehmen, aber in dieser Kleidung setzen sich die Tierhaare nicht so schrecklich fest.«

Während sie sprach, deutete Frau Wesselhausen auf das schwarze Hündchen auf ihrem Schoß, das Frau Schulz derart intensiv musterte, als wisse es, dass es der Anlass des heutigen Gespräches war.

»Frau Lorenz, Sie wissen ja bereits, was wir heute besprechen möchten«, wandte sich die Verwaltungschefin an Lotti, die unverzüglich ein Stück im Sessel zusammensackte, während sich Herr Michalski, im Gegenzug, gerade aufsetzte und beschützend die Hand auf den Arm seiner Freundin legte.

»Wir sind in der Tat darüber informiert worden«, antwortete er formell an Lottis statt und schaute der Frau auf der anderen Seite des Tisches fest in die Augen.

Frau Schulz musste sich räuspern, um ein

Lächeln zu verbergen.

»Gut«, fuhr sie fort, »dann kann ich ja gleich zur Sache kommen.«

»Nein«, fiel ihr Lotti ins Wort und bedeutete Jakob mit einer Handbewegung, den Mund zu halten. »Zunächst möchten wir uns für unsere Geheimnistuerei entschuldigen. Unser Verhalten war wirklich unverzeihlich.«

»In der Tat erstaunt es mich, dass Sie nicht gleich zu mir gekommen sind, denn so viel Vertrauen sollte doch sein. Auf der anderen Seite hat mich unsere liebe Schwester Ilse schon genauestens über das Was und Wie aufgeklärt, und ich habe unter den gegebenen Umständen durchaus Verständnis für Ihre Befürchtungen.«

Lotti wollte es in ihrer Aufregung einfach nicht gelingen, die Füße unter dem Tisch stillzuhalten. Das leise Scharren ihrer Ledersohlen erfüllte den Raum.

Nach einer endlos erscheinenden Gesprächspause fuhr die Verwaltungschefin fort.

»Ich darf Ihnen mitteilen, dass Sie den Hund für die Dauer des Krankenhausaufenthaltes ihrer Freundin hierbehalten können. Allerdings fällt dafür eine Monatspauschale von 549,95 Euro für die Unterbringung an.«

Lotti schluckte trocken, Jakob verschlug es die Sprache und Frau Wesselhausen hielt im Streicheln des Hundes inne und starrte die Verwaltungschefin ungläubig an.

Nun konnte Frau Schulz tatsächlich nicht mehr an sich halten und prustete los.

»Ich weiß gar nicht, was daran so witzig sein soll«, brauste Jakob auf.

»Das war doch nur ein Scherz«, erklärte Frau Schulz lachend und konnte förmlich die Erleichterung spüren, die sich angesichts dieser Offenbarung im Raum breitmachte.

»Und das heißt jetzt im Klartext?«, fragte

Jakob, ganz der Verwaltungsfachangestellte, der er nun mal gewesen war.

»Das heißt im Klartext, dass der Hund so lange kostenlos hier wohnen darf, bis Ihre Bekannte sich wieder selbst um ihn kümmern kann«, erläuterte Frau Schulz. »Wissen Sie denn schon in etwa, wie lange das sein wird?«

Lotti, der immer noch ganz schwummerig war, erzählte, dass Regine sie am zweiten Feiertag für einen kurzen Besuch zu Mathilde ins Krankenhaus gebracht hatte und es dieser den Umständen entsprechend gut ginge. Allerdings sei noch nicht abzusehen, wie es nach ihrem Aufenthalt in der Rehaklinik weitergehen würde.

»Für den Fall, dass sie nicht ohne fremde Hilfe zurechtkommen sollte, würde unsere Freundin gerne zu uns in die Residenz ziehen«, erklärte Lotti.

»Dann haben wir ja vielleicht bald eine nette Bewohnerin mehr. Oder sogar zwei.« Frau Schulz wies in Ernas Richtung, die inzwischen auf Frau Wesselhausens Schoß eingenickt war. »Es scheint sich ja niemand an der Hündin zu stören, und so lange immer jemand da ist, der sich um Erna kümmert, ist sie uns natürlich herzlich willkommen.«

Eifrig bestätigten Lotti, Jakob und Frau Wesselhausen, dass sie ganz bestimmt für die Hündin sorgen würden, man könne sich ja sogar mit der Pflege abwechseln.

Erna, durch den Trubel aufgeschreckt, stieg mit lautem Bellen in die Unterhaltung ein.

»Nicht so laut«, beschwichtigte Lotti das aufgedrehte Hündchen, »sonst schmeißen sie dich doch noch raus!«

Nachdem sich Frau Schulz vergewissert hatte, dass Erna ordnungsgemäß geimpft und versichert war, wurde die kleine Gruppe aus dem Gespräch entlassen.

»Puh, das hätten wir hinter uns gebracht!«, seufzte Lotti. »Und was machen wir nun mit dem angebrochenen Vormittag?«

»Jetzt lade ich die Damen ins Wirtshaus ein, und wir genehmigen uns zur Feier des Tages ein schönes Gläschen Sekt und danach eine ordentliche Currywurst!«, schlug Jakob vor und klatschte vor Begeisterung über seine eigene Idee in die Hände. »Für Erna natürlich eine ohne Curry«, ergänzte er. »Außerdem haben wir uns ja noch eine ganze Menge zu erzählen, nicht wahr?«

Dem war von Seiten der Damen nichts hinzuzufügen, und so machten sie sich, nachdem sie sich vom Mittagessen abgemeldet und mit Schal und Mütze ausstaffiert hatten, gemeinsam auf den Weg, um auf ihren neuen Lebensabschnitt mit Erna anzustoßen.

Die kleine Hündin trippelte zufrieden neben ihnen her. Sie würde ihr Frauchen bald wiedersehen und bis dahin, vielleicht sogar darüber hinaus, das Leben dieser drei so unterschiedlichen Menschen um ein Vielfaches bereichern.

»So, meine Süße, dann wollen wir mal die schöne Januarsonne genießen!«

Lotti breitete die mitgebrachte Wolldecke auf der Parkbank aus und wies Erna an, hinaufzuspringen und neben ihr Platz zu nehmen.

Der unberührte Schnee auf dem Feld, das sich vor der alten Dame und dem kleinen Hund ausbreitete, glitzerte in der tiefstehenden Vormittagssonne so hell, dass Lotti ihre Augen mit der Hand abschirmen musste.

Genüsslich sog sie die kühle Luft ein und legte ein Stück ihres langen Strickschals um

Erna, die sich wärmesuchend an ihren Wollmantel drückte.

»Ich verrate dir ein Geheimnis«, sagte Lotti bedeutsam zu der Hündin. »Das muss aber unter uns bleiben! In jener Baumhöhle dort drüben hat der Jakob früher mal heimlich Briefe versteckt.«

Während sie auf das Astloch in der alten Eiche neben der Bank wies, das ihrem Freund damals als Briefkasten gedient hatte, glaubte sie zunächst einmal, ihre altersschwachen Augen würden ihr einen Streich spielen. Aber nein, da war doch etwas.

Lotti stand auf und stellte sich auf die Zehenspitzen. Tatsächlich, sie hatte sich nicht verschaut! Fast kam es ihr wie ein Déjà-vu vor, als sie den zusammengefalteten Zettel aus dem Hohlraum im knorrigen Stamm zog.

War Jakob ihrem Rat gefolgt und hatte doch noch einmal einen Brief an seine verstorbene Ehefrau geschrieben?

»Jetzt bin ich aber mal gespannt«, sagte Lotti, deren größtes Laster schon immer ihre sorgsam verborgene Neugierde gewesen war.

»Du möchtest doch sicherlich auch wissen, was da drin steht, oder?«, zog sie Erna ins Vertrauen, der ein Leckerchen allerdings lieber gewesen wäre als ein paar Buchstaben auf Papier.

Wieder auf der Bank, die Hündin fest an ihre Seite gekuschelt und die Lesebrille auf der Nase, faltete Lotti den Brief auseinander und widmete sich der verbotenen Lektüre.

Liebste Marie, 31.12.2014

Heute ist der letzte Tag dieses ereignisreichen Jahres. Es galt, den ersten Herbst und das erste Weihnachtsfest ohne mein geliebtes Mariechen zu überstehen.

Du fehlst mir immer noch sehr!

Aber wie zitiertest Du den Herrn Goethe stets so gerne: »Wo Schatten ist, da ist auch Licht.« Oder vielleicht auch umgekehrt, ich erinnere den genauen Wortlaut nicht mehr.

So blieben, trotz all der Trauer, die guten Dinge in diesem Jahr nicht aus. Ich habe neue Menschen kennengelernt und in Lotti eine liebe Vertraute gefunden, mit der auch Du Dich sicherlich gut verstanden hättest.

Und dann war da noch die Geschichte mit der kauzigen Frau Wesselhausen, die auf einmal gar nicht mehr so kauzig ist, was aber wohl hauptsächlich an Erna liegt. So ganz traue ich dem Frieden mit der Berta nämlich noch nicht!

Wer Erna ist? Ich merke schon, ich habe Dir noch so viel zu erzählen …

Danksagung

Jedes Projekt beginnt irgendwann einmal mit einer Idee. Mein Dank gilt deshalb insbesondere Herrn Mollik und der Residia GmbH, welche den Anstoß für das Vorhaben »Gedächtniswelten« gaben, und ohne die eine Umsetzung in dieser Form nicht möglich gewesen wäre.

Die Arbeit mit Senioren war mir bereits aus meiner früheren Tätigkeit als Ergotherapeutin vertraut. Die Vorstellung, ihre Erzählungen und Lebenserfahrungen in einem dreiteiligen Roman neu aufleben zu lassen, weckte sofort meine Begeisterung.

So entstand innerhalb eines Jahres, in dem die Bewohner der Residia in zahlreichen Gesprächen ihre glücklichen und traurigen Erinnerungen mit mir teilten, *Jakobs Briefe*, der erste Teil unserer Trilogie »Gedächtniswelten«.

Im darauf folgenden Jahr setzte ich das Projekt mit Bewohnern der angrenzenden Residia Wohnanlage fort, und auch hier gab es wieder viele interessante Geschichten und Anekdoten zu berichten, aus denen ich Ideen für *Lottis Geheimnis* schöpfen

durfte. Der Wunsch, einen Hund in die Geschichte des zweiten Roman-Teils einfließen zu lassen, wuchs bei uns durch meine kleine Hündin Emma, ihres Zeichens ehemalige rumänische Straßenhündin, die ich bei unseren Treffen immer dabei hatte.
Ich möchte mich ganz herzlich bei den Bewohnern und Mitarbeitern der Residia für ihre Offenheit und die gemeinsamen Stunden in gemütlicher Runde bedanken.
Dem ersten und zweiten Band der Gedächtniswelten soll ein dritter Teil folgen, und ich freue mich schon jetzt auf kommende Zusammenkünfte und die Zusammenarbeit mit den Senioren an unserem Projekt.

Claudia Krüger

Nach ihrer Berufslaufbahn als Ergotherapeutin und Erzieherin/Medienpädagogin sowie nebenberuflicher Tätigkeit als Sängerin und Autorin entschloss sich Claudia Krüger, ihr Hobby zum Beruf zu machen und studierte Journalismus.
Seit 2009 arbeitet sie als freie Journalistin und Redakteurin für Technik-Magazine sowie als Autorin mit Veröffentlichungen in den Bereichen Lyrik und Belletristik.

Epilog

Dieses Buch verinnerlicht die kleinen und schönen Dinge des Lebens, die es insgesamt erst lebenswert machen. Manche Worte dienen hierbei als Impulse, so wie die Wörter und Gespräche in unseren Einrichtungen.
Wir erleben in unseren Lebens- und Gesundheitszentren täglich, wie schön die Tage auch im fortgeschrittenen Alter noch sein können.
Gerade deshalb ist es uns so wichtig, sich auf die positiven Emotionen zu fokussieren und die Interessen unserer Bewohner zu fördern.
Unsere Aufgabe als Dienstleister ist es, den Alltag der Menschen mit Heiterkeit und Freude zu bereichern, mit Stolz dem Älterwerden zu begegnen und in Gemeinschaft das bereits gelebte Leben zu bestaunen.
Darum möchten wir uns insbesondere bei den Bewohnern und der Autorin Frau Krüger für ihre inspirierenden Momente und Ideen bedanken.
Die Reise geht noch weiter, denn jede unserer Einrichtungen ist gefüllt mit vielen positiven Menschen, die dazu beitragen, dass wir die Hoffnung auf ein friedvolles Miteinander nicht vergessen.

In der jetzigen Weltzeit, in der ganze Länder sich neu erfinden müssen, benötigen wir Zuversicht, Selbstachtung sowie Dankbarkeit jenen gegenüber, mit denen wir in Kontakt treten dürfen.

Den Menschen in seiner Ganzheitlichkeit zu sehen und zu respektieren, ist eine große Herausforderung, der wir uns gerne stellen.

Zwar können wir den Altersprozess nicht verhindern, jedoch das Dasein mit Licht, Liebe und Leben erfüllen.

Dieses Buch ist eine Besinnung und Rückschau auf das klassisch Einfache und Gute im Menschen.

Marcus Mollik
Geschäftsleitung
Residia Care Holding GmbH & Co. KG und
WH Care Holding GmbH

Lesen Sie auch den 1. Band unserer Trilogie

Mehr zum Projekt **Gedächtniswelten** finden Sie auf unserer
Homepage:
http://gedaechtniswelten.de
und auf unserer
Facebook-Präsenz:
www.facebook.com/gedaechtniswelten

Verena Jäkel (Leitung Service Wohnen bei Residia Service & Verwaltung GmbH & Co. KG) und Autorin Claudia Krüger mit Hündin Emma

Kenner brauchen Könner

**Wir suchen Sie als Profi
für Leben und Gesundheit**

Ein Orchester ist nur so gut wie seine Musiker. Deshalb suchen wir Sie für die Symphonie, mit der wir unsere Bewohner jeden Tag neu begeistern.

Bewerben Sie sich für einen unserer attraktiven Standorte. Wir freuen uns!

WH Care Holding Deutschland GmbH
Steinriede 14 | 30827 Garbsen | Tel. 05131-4611555
Email: personal@wh-care.de | www.wh-care.de